此生，你我皆短暫燦爛

王鷗行

何穎怡・譯

On Earth We're Briefly Gorgeous

Ocean Vuong

目錄

獻給我母親

但是讓我再以我的生命為基礎，用我的文字建這一小方地，看看，能不能再給你一個中心，好嗎？

——邱妙津

我想告訴你事實，可是我已經說過了那條大河。

——瓊・蒂蒂安

第一部

讓我重來一遍。

親愛的母親：

我書寫，是為了接近妳，雖然我每寫下一字，跟妳就多了一個字的距離。我書寫，是為了回到過去，回到維吉尼亞州休息站的廁所，妳滿臉驚恐瞪視飲料販賣機上方的公鹿標本，多叉鹿角陰影映在妳的臉面。回到車上，妳不斷搖頭說：「我不明白這是幹嘛？人們看不出那只是屍體嗎？屍體就該送牠上路，而不是以那模樣永遠困住。」

現在我回想那隻公鹿以及妳的瞪視，牠的黑色玻璃眼珠有妳的倒影，扭曲困在無生命的鏡子裡。嚇到妳的不是梟首動物荒誕高掛，而是標本象徵了永不結束的死亡，人們到廁所解放，經過牠，牠便再死一次。

我書寫，是因為大家說千萬別用「因為」一詞為句首。但我不是在造句，而是想解放。因為我聽說，自由不過是獵人與獵物之間的距離。[1]

秋日。密西根州某處上空，一群超過一萬五千隻的帝王斑蝶開始年度南遷。從九月到十一月，牠們一次搧動一翅，就這樣從南加拿大和美國飛到墨西哥中部過冬。

牠們棲息人間，停駐在窗櫺、鐵鏈圍籬、褪藍色的雪佛蘭引擎蓋、因衣物重量而顯得線條模糊的曬衣繩，翅膀緩緩朝內，彷彿要收起，旋即一拍，飛入空中。

只要一夜霜寒便能凍死整代帝王斑蝶。因此，活著，關乎時間，關乎時機。

我五歲還是六歲時惡作劇，從走道門後跳出，衝妳大叫：「砰！」妳臉兒皺起扭曲，放聲尖叫，啜泣，靠門捧胸大聲喘氣。我滿臉困惑，玩具軍人頭盔歪斜。我只是美國小孩，模仿電視演出。我不知道戰爭仍跟著妳，不知道另一場戰爭即將開始，一旦深入妳心，便永不離開，只會不斷迴響，形成妳孩兒的那張臉面。砰！

三年級上「第二語言英文課」（ESL），我在老師卡拉罕太太協助下，閱讀了我愛上的第一本書，那是派翠西亞．波拉蔻（Patricia Polacco）的童書《轟雷蛋糕》（*Thunder Cake*），一個小女孩跟她的祖母看到綠野遠處暴風成形，她們沒去關窗，沒給大門釘木條，而是烤蛋糕。這舉動解開我的枷鎖，多麼危險又違背常理。卡拉罕太太站

1 作者注：「自由不過是獵人與獵物間的距離」引自北島的詩〈同謀〉（*Accomplices*）選自《八月的夢遊者》（*The August Sleepwalker*）。（編按，無標示注即為譯者注）

在我身後，在我耳邊細語，我彷彿深深捲入語言漩渦。在她的話聲裡，故事逐漸展開，狂風席捲，當我複述那些字，又再席捲一次。暴風眼裡烤蛋糕；舔食危險的糖霜。

妳第一次打我，我應該是四歲。一隻手。一巴掌。一個懲罰。我的嘴一陣火辣。那次我想教妳讀寫。我學卡拉罕太太，嘴貼近妳的耳朵，手蓋在妳手上，字在我們的身影下移動。但是這個舉動（我教妳學）反轉了上下尊卑，也顛倒了我們的身分，後者在這個國家本就細若一線羈絆。幾次結巴與錯誤，字句扭曲，卡在喉嚨，失敗羞愧，妳用力闔上書本，說：「我不需要學認字。」妳的表情碎裂，推開桌子，說：「我有眼睛可以看，不也走到今天了？」

遙控器那次。我的小手臂一條瘀青，跟老師說謊：「捉迷藏時跌倒了。」

還有，四十六歲那年，妳突然著迷著色。一天上午，妳說：「咱們去沃爾瑪，我要買著色書。」接下來數月，妳以各種顏色填滿兩手的空間——洋紅、朱砂、鉻黃、藍灰、青綠、肉桂，妳全不會發音。妳每天趴在著色本前數小時，塗出農場、牧地、巴黎、疾風平原上的兩匹馬，以及黑髮女孩，她的臉，妳沒上色，白的。妳把成品掛滿屋，像小學教室。我問妳：「幹嘛想著色？為什麼是現在？」妳放下寶藍色畫筆，如夢望著畫到一半的庭院說：「我就是遁入裡面一會兒，但是我能感覺裡面的一切。就像我在這裡，在這個房間一樣。」

那次，妳把整盒樂高扔到我腦袋。硬木斑斑血跡。

妳給湯姆斯・金卡德[2]的房子塗色，說：「你曾創造一個場景，然後把自己放到裡面嗎？你曾站開來，看著自己的背影逐漸走遠，深入場景嗎？」

我該怎麼告訴妳，妳說的正是寫作。我該怎麼說，妳與我，到頭來畢竟很接近，我們的手雖放在不同紙上，手影卻逐漸合而為一？

妳包紮我的額頭，說：「我很抱歉。拿外套，咱們去吃麥當勞。」我拿麥克雞塊沾番茄醬，腦袋勃痛，妳看著我說：「你必須長高長壯，知道嗎？」

昨天我重讀羅蘭・巴特的《哀悼日記》(*Journal de deuil*)，母親死後一年裡，他天天記日記。他寫，我認識了母親的身體，先是生病，而後死亡。閱讀至此，我停住，決定寫東西給妳。寫給還活著的妳。

那些年，月底的星期六，繳完帳單，如果還有錢，我們就去逛商場。人們精心打扮

2 湯姆斯・金卡德（Thomas Kinkade, 1958-2012），美國畫家，作品複製成各種商品行銷。

是上教堂或者參加晚宴。我們盛裝出門，是去I－九一公路旁的購物中心。妳會早早起床，花一小時化妝，穿上最好的黑色亮片洋裝，配上僅有的圓形金耳環與黑色緞面鞋。然後，妳彎下身，抹一把髮油到我頭上，梳齊。

陌生人看到我們，無法想像我們在法蘭克林道上的小雜貨店買東西，店門口扔滿用過的食物券收據。以食物券購買的主食，譬如蛋與牛奶，比郊區貴上兩倍。木箱裡躺著乾癟有傷痕的蘋果，沾濺了上排貨架冰塊融化後的豬排滴血。

妳指著歌帝梵巧克力說：「咱們買點騷包巧克力。」我們會挑揀五到六片巧克力，放在小紙袋裡。我們逛商場，通常只買這個。然後來回傳遞巧克力，直到指尖漬黑甜膩。妳舔著手指說：「這就是享受人生。」一整個星期替人美甲，妳的粉紅指甲油都剝落了。

還有那一次，妳握緊拳頭，在停車場大叫大嚷，夕陽將妳的頭髮勾成紅色。我雙手抱頭，阻擋指節砰砰落下。

那些星期六，我們漫步商場，直到店家一一拉下鐵門。我們步行前往街底的站牌，我們的氣息漂浮，妳的妝容乾了。除了彼此的手，我們雙手空空。

今早破曉前，我的窗外有鹿。霧濃而白，讓不遠處的另一頭鹿看似前者的未完身影。

妳可以為這景塗色。稱為「記憶的歷史」。

遷移可能始於陽光角度，宣告季節、溫度、植物生命與食物供給的改變。帝王雌斑蝶在遷徙途中產卵。歷史不只一條線，每一條都是故事的分歧。帝王斑蝶的遷徙長達四千八百三十哩，比美國還長。南遷的帝王斑蝶不會活著返北。因此每次的離去都是永遠。只有牠們的孩子會北飛，只有未來能重訪過去。

何謂國度？不就是生命？不就是沒有邊界的句子？

那次在中國肉販攤，妳指著掛鉤上的烤豬說：「這肋骨跟人被燒死的肋骨一模一樣。」

接著，短促嗤笑，旋即停止，拿出妳的錢包，蹙眉，數錢。

何謂國度？不就是無期徒刑？[3]

一加崙牛奶那次。瓶子砸在我的肩骨，白色雨流規律滴落廚房磁磚。

六旗遊樂園那次，我害怕一個人坐超人雲霄飛車，妳陪我。事後，妳埋首垃圾桶大

---

3 作者此處是和前段雙關對應。無期徒刑英文為life sentence。前段提到國度就是生命（life），國度就是沒有邊界的句子（sentence）。

吐特吐。尖叫狂歡中，我忘記說謝謝妳。

我們去「有愛」二手店那次，購物車堆滿黃標物品，那天，黃標物品打五折。我腳踩推車橫桿滑行，因滿車的廢棄寶藏而自覺富足。那天是妳的生日。我們來擺闊。妳把一件白色洋裝貼在身前，問：「我像不像真正的美國人？」那衣服有點過於正式，妳沒有場合可穿，卻又略帶休閒，有可能派上用場。換言之，機會。我笑著點頭。購物車堆滿滿，我看不清前路。

菜刀那次。妳拿起又放下，渾身顫抖，平靜地說：「出去！出去。」我逃出門奔上夏日暗街。一直跑，直到我忘了自己才十歲，直到耳內只有自己的心跳聲。

還有紐約市那次。方表哥車禍過世才一星期，我踏進上行二號地鐵，門一打開，就看到他的臉，圓而清楚，正對著我，活生生。我猛抽一口氣，理智告訴我，那只是酷似的臉。儘管如此，看到我認定不會再見的臉孔，我頓覺顛倒。五官如此精確，結實的下顎，雙眉距離過大。他的名字奔到我的舌間，我忍住了。出了地鐵後，我坐在消防栓上打電話給妳。「媽，我看到他，」我喘氣說：「媽，我發誓我看到他。我知道很傻，但是方表哥在火車上。」妳知道我恐慌發作，默不作聲，然後開始哼〈生日快樂歌〉。那

天不是我的生日，但這是妳唯一知曉的英文歌曲。妳持續哼唱，我繼續聆聽。電話緊壓耳朵，數小時後，臉頰仍留有粉紅色長方形印子。

我二十八歲，五呎四吋高，一一二磅重[4]。我有三個角度看起來英俊，其他致命醜。這個正在書寫的身體一度屬於妳。也就是我以兒子的身分書寫。

如果幸運，句子結束處會是我們開始時。如果我們幸運，某些東西得以傳遞，那是以鮮血、肌肉、神經寫就的字母。就像在帝王斑蝶的敘事裡，先輩承載後代沉默飛往南方，誰也無法活著北返。

還有那次，我在美甲坊聽見妳安慰顧客節哀。妳為她塗指甲，她哭著說：「我的寶貝死了，我的小女孩茱麗死了，我簡直不敢相信。她是年紀最大最強壯的。」

妳點點頭，口罩後雙眸嚴肅，用英文說：「沒關係，沒關係的，別哭，妳的茱麗怎麼死的？」

---

4 編按：約一百六十二・六公分，五〇・八公斤。

那位女士說：「癌症。還死在後院！媽的，就死在後院！」

妳放下她的手，拿下口罩。癌症。妳傾前說：「我媽也是。她死於癌症。」房內靜默。妳的同事不安挪動屁股。「但是茱麗為何死在後院，發生何事？」

女士擦淚說：「她就住在那裡，茱麗是我的馬。」

妳點點頭，戴上口罩，繼續替她塗指甲。那女人走後，妳把口罩用力扔到房間那頭，以越語說：「他媽的，馬？見鬼了，我差點要去給她女兒上墳！」接下來一整天，不管妳是在替這隻手或那隻手美甲，妳不時抬頭，大叫：「去他媽的，馬！」我們全笑了。

十三歲時那次，我終於喝止。妳的手停在半空，我的臉頰因第一個巴掌刺痛。我說：「住手，媽，停下，拜託。」我用力瞪妳，這是我面對霸凌者學到的經驗。妳靜默轉身，套上棕色毛外套，前往雜貨鋪，頭也不回說：「我去買蛋。」好似沒事發生。但我們都知道妳以後不會再打我。

熬過遷徙的帝王斑蝶把這個訊息傳遞給下一代。上一個冬日喪亡的家族成員，牠們的記憶織入後代基因裡。

一場戰爭何時才算結束？何時我才能說出妳的名，而它只是個名，不再是妳遺留的種種？

那次，我在漆黑中醒來，我的腦海——不，是房子——充滿輕柔樂聲。我的腳踏上冰涼硬木地板，走進妳的房間。妳的床空空。樂聲中，我靜止如切花，喊：「媽？」那是蕭邦。從衣櫃傳出。門框透映紅光，像通往火場的入口。我站在櫃子外，聆聽序曲，樂聲下是妳的穩定呼吸。我不知道自己待了多久。回到床上後，把被子拉到下巴，直到顫抖（而非樂聲）停止，我才開口，對著空氣說：「媽，回來吧。出來吧。」

妳曾告訴我，上帝創造的東西中，人眼最寂寞。世界行經瞳孔，卻什麼也留不住。眼睛，孤獨活在眼窩裡，不知還有一隻眼睛，不知一吋之外，另有相同東西，同樣飢渴，同樣空虛。妳打開前門低聲說：「瞧。」我看到了生命第一場雪。

那一次，妳在水槽摘一籃青豆，突然說：「我並不是怪物。我是母親。」

當我們說倖存者，什麼意思？或許倖存者是那個最後返家的人，最後一隻停駐在枝頭已經負載沉重幽靈的帝王斑蝶。

晨光攏聚。

我放下書本。青豆頭脆聲而斷，像手指沉入不鏽鋼水槽。我說：「妳不是怪物。」

我說謊。

我真正想說的是，身為怪物並不可怕。怪物（monster）的拉丁字源是*monstrum*，災難的神聖使者，古法語將它改為源頭眾多的動物：半人半馬、鷲頭飛獅、獸臉人身的薩提爾。要做怪物就必然是一種混合的信號，一座燈塔：既是庇蔭，也是警告。

我曾讀過罹患創傷後壓力症候群的父母比較容易打小孩。或許，這個病到頭來有個怪物源頭。或許，一巴掌揮出去就是幫助小孩面對戰爭。當你的心俯首聽命於身體，喃喃稱是，活著豈是容易之事？

我不知道。

我只知道在「有愛」二手店時，妳把白色洋裝遞給我，眼睛發亮睜大。「你讀得懂嗎？這衣服防不防火？」我摸索裙襬，研究標籤，我還不會讀，還是回說：「可以，可以。」我將白洋裝貼近妳的下顎，說謊：「它防火啊。」

數天後，妳去上班，我在前院，穿了那件白洋裝，心想我會更像妳，鄰居男孩正好騎車經過。第二天下課休息時間，同學們叫我怪人、娘砲、基佬。很久後，我才知道這些是怪物的置換詞。

有時我想像帝王斑蝶不是為了逃離冬天南遷，而是逃離妳童年在越南看到的燒夷彈煙霧。我想像牠們在赤燄裡毫髮無傷，小小的紅黑翅膀抖動如仍在爆燃的碎片，如此飛越四千哩。因此當妳抬頭望向天空，無法想像牠們來自爆炸，只看到清淨空氣中翱翔的蝴蝶群，牠們的翅膀經過多次蛻變，已經防火。

妳將洋裝攬在胸前，面無表情，眼神直眺我背後，說：「寶貝，知道它防火，真好。真好。」

媽，妳是母親，也是怪物。我與妳相同。因此，我無法棄妳而去。所以，我收下上帝的最孤獨造物，將妳放置其中。

瞧！

在我先前刪掉的書信草稿裡，提到我如何成為作者。如何成為家族第一個大學生，卻浪擲學位於英文文學。如何在爆爛高中生涯逃課躲到紐約圖書館埋首書堆，閱讀逝者的晦澀文本，他們多數沒想過我這樣一張臉孔會盤旋於他們的字句上，更沒想過這些句子拯救了我。但是這些都不重要了。原先我不明白，現在我知道這一切使我來到這裡，來到這一頁，跟妳訴說妳永遠不會知道的種種。

事情是這樣的。我曾是小孩，身上沒瘀青。那年我八歲，站在哈特福的一房公寓，凝視外婆蘭的睡臉。儘管她是妳的母親，卻無一絲相似。她比妳黑上三層，是暴雨過後的渾泥色，鋪在嶙峋臉龐，襯映眼睛亮如碎玻璃。我不記得為何扔下成堆綠色玩具兵，來到她身邊。她裹著毯子躺在硬木地板，雙手抱胸。睡覺時，眼珠在眼皮下轉動。額頭線條深刻，標誌著五十六年歲月。一隻蒼蠅停在她的嘴旁，再跳到紫色雙唇邊。她的左頰抽搐了幾秒。黑毛孔粗大的皮膚在光線下波動。除了在人類未知夢境裡奔逐的狗，我從未見過有人睡時動作如此之多。

現在我明白，我想探索的不是她在睡眠中依舊滴答運作的身體，而是平靜的內心。她清醒時的狂野爆炸腦袋，唯有在這樣安靜抽動的時刻才能冷卻，獲致某種類似靜謐的東西。我看到的是陌生人，嘴兒凝成滿足神情，迥異清醒時。戰後，她的精神分裂症加劇，總是喋喋漫語，瘋狂一直是我認識的她，打我有記憶以來，她的形象便是忽明忽暗，出入神智清明與瘋狂間。那個午後，端詳她在陽光下的寧靜面容，好像溯時光而回。

她張開一隻眼。因睡眠而眼翳白濛，張大，看到我。我被窗戶透進的陽光釘在原地，不動。然後她張開第二隻眼睛，稍微粉紅清透。她問：「餓了嗎？小狗？」面無表情，彷彿仍在睡眠狀態。

我點點頭。

她指指房間說：「這時辰，我們該吃啥啊？」

我認為她只是自說自話，咬唇不語。

但是我錯了。她坐起身說：「我在問吶，有**啥**可吃？」她的及肩長髮往後飄，像卡通中被炸翻的角色。她爬過來，蹲在玩具兵前，挑起一個，捏著研究。她的指甲修剪完美，是妳一貫的精準作品，也是她全身唯一無瑕處。裝飾完美、紅寶石光彩，在皸裂的老繭手掌突兀明顯。她捏著玩具通信兵仔細研究，好像它是新出土文物。

那士兵揹無線電，單膝而跪，對著話筒永恆吶喊。從他的服飾可以判斷是二次世界大戰。她以破碎的英文混合法語問這位塑膠兵：「蒙席爾，你素誰啊？」她隨即用力將無線電貼近耳朵，仔細聽，以越語低聲說：「小狗，你知道他們跟我說什麼？他們說——」她歪頭靠近我，嘴裡散發利口樂咳嗽藥水與睡眠的濁氣，耳朵包覆綠色小兵整個頭，說：「阿嬤餵飽好士兵，才能打勝仗。」她發出短促單音笑聲，隨後停止，臉色轉為空茫，把通信兵塞到我的手掌，讓我握合。就這樣，她趿著拖鞋喀喀前往廚房。我牢握她的信息，塑膠天線刺痛掌心，鄰家的雷鬼樂聲隔著圍牆模糊傳來，滲進房內。

以前到現在，我有過許多名字。蘭叫我小狗。什麼樣的女人會以花朵為自己與女兒命名，卻叫外孫小狗？那就是自求多福的女人。要知道，在她長大的村落，像我這樣最弱最小的孩子常會依最卑劣的東西命名：魔鬼、鬼孩子、豬嘴、猴孩、水牛頭、畜牲——小狗算客氣的。當母親呼喚孩子回家吃晚飯，漫遊大地、尋找健康漂亮孩兒的邪魔鬼怪，聽到那麼可憎糟糕的名字，會直接掠過那房子，放過那小孩。因此，愛某物，就依人們棄如敝屣、最最無用，因而得以存活的東西為他命名。名字輕飄如空氣，也可以是盾牌。**小狗**盾牌。

我坐在廚房地磚，看蘭勺起兩瓢冒氣白飯，放進靛青蔓藤邊的瓷碗。她抓起茶壺傾注茉莉花茶到飯裡，不多不少，足夠幾片葉子漂浮於淡淡的琥珀茶液上。我們就坐在地板分食那碗香氣撲鼻的蒸騰茶飯。它吃起來就如你想像的碎碾花朵——微苦、乾爽、明暢、回甘。蘭微笑說：「真正的農人食物。這就是我們的速食，小狗，這是我們的麥當勞！」她身體一傾，響亮放屁。我有樣學樣，也放了一個，兩人笑到眼睛都瞇了。之後，她笑聲停止，抬起下巴，對著飯碗說：「吃乾淨。浪費的每粒米到了地獄都會變成你得吃的蛆蟲。」她拿下腕上的橡皮筋，綁髮成髻。

人們說創傷不僅影響腦袋，也影響身體，包括肌群、關節與姿態。蘭的背始終駝著——駝到她站在水槽前幾乎看不見腦袋，只瞧見腦後髮髻隨著她的刷洗跳動。

她瞧瞧櫥櫃，除了吃了一半的花生醬，空空如也，說：「我得買些麵包了。」

國慶的前一晚還是兩晚，下條巷子的鄰居在屋頂放煙火。磷光線條劃過紫色的光害天空，散裂成巨大爆炸，震動我們的公寓。我正躺在起居室地板睡覺，夾在妳和蘭之間，我感覺整晚貼著我的體溫消失，翻身，就瞧見蘭趴在地上，猛抓毯子。我還來不及問怎麼了，她溼冷的手便捂住我的嘴，她的手指按唇。

她說：「噓。尖叫的話，迫擊砲會知道我們的位置。」

街燈照耀她的雙眼，黑臉上的兩灘黃疸水窪。她抓住我的手腕，拖到窗前，我們就在窗臺下蜷縮互擁，聆聽上方砰聲迴響。她慢慢擁我到膝頭，我們等著。

她繼續短促低聲說迫擊砲，不時捂住我的下半臉，大蒜與萬金油味衝鼻而來。我們大約那樣坐了兩小時，她的心跳抵著我的背穩定傳來，房內光線轉灰，繼而洗成靛藍，顯露地板對面躺著兩個裹著毯子的沉睡身體：妳與姊姊梅。妳們的身影像冰雪苔原的和緩山脊。我的家人在一夜砲火後終獲平靜，成為寂寥極地景觀。蘭的下顎在我的肩頭逐漸沉重，我知道她終於加入女兒們的深眠。我的眼裡只有七月雪——無名，全然，平順。

在小狗之前，我有另一個名，出生後，他們給我的名。某個十月下午的西貢市外，在妳自小長大的稻田，蕉葉鋪頂的茅屋裡，我成為妳的兒子。蘭說，地方薩滿巫和兩位助手蹲在門外，等待我墜地初啼。她與產婆剪了臍帶後，薩滿巫與助手便衝進屋內，以一塊白布裹住全身黏呼呼的我，奔至鄰近的河，在熏香與鼠尾草薄霧中，將我浸入河中洗澡。

尖叫中，我額頭抹灰，放到父親的手中，此時，受僱於我爸的薩滿巫低聲唸出他給我的名，意指愛國的國家領袖。我猜他看到我爸走路時挺胸膨脹高僅五呎二吋的身材，說話時雙手狀似揮拳，察覺這個掏腰包的不好相與，就取了能滿足他的名字。沒錯。蘭說我爸滿臉發光，將我高舉過頭對著門楣大叫：「我兒子會成為越南領袖。」兩年後，越南戰火已經結束十三年，依然廢墟處處，窮到讓我們奔離老爸腳下的土地。幾呎外就是妳雙腿間滴血，留下暗紅圓窪，將乾土變成新泥，讓我呱呱墜地的地方。

其他時候，蘭似乎對噪音有矛盾反應。妳還記得某天晚飯後，我們圍在她身旁聽故事，對街突然槍響嗎？雖說槍聲在哈特福並不罕見，但我從未適應——尖銳，卻比我想像中的平凡，像夜間球場小球員敲出的一支支全壘打——妳、梅姨和我全部臉鼻貼地，妳大叫：「哪個人去關燈啊。」

當房間漆黑，數秒後，蘭說：「什麼啦，才三槍。」聲音來自原先位置，她連動都沒動。「不是嗎？你們全死了還是仍在呼吸？」

她揮手叫我們起來，衣裳貼著皮膚窸窣響。她擤擤鼻說：「打仗時，你還沒搞清楚卵葩在哪裡，整個村子就炸掉囉。現在開燈，免得我忘記說到哪裡。」

我有一個任務，就是用鑷子幫蘭一根根拔白髮。她說：「頭髮上的雪讓我頭皮癢，小狗，你幫我拔癢癢的頭髮，好嗎？雪都在我頭髮造窩了。」她把鑷子塞給我，靜靜微笑說：「今天，讓外婆年輕，好嗎？」

我的報酬是故事。當她坐好窗前，就著天光，我鑷子在手，跪在她身後的枕頭。她開始說故事，聲音降低八度，低沉漂浮成敘事。多數時候，她照例喃喃漫語，故事彼此循環。從腦海飄出，下星期又轉回同樣的起頭。「小狗，我現在要講的這個保證讓你大吃一驚，準備好了？你究竟有沒有興趣聽我說啊？有。好。因為我從不說謊。」她開始熟悉的故事，伴隨同樣的戲劇性停頓以及重要轉折的懸疑感染力。我則默念對白，像是看過無數遍的電影——一個由她的言語加上我的想像力激活的電影。這是我們的合作方式。

當我拔白髮，蕭然四壁並未隨故事開展而充滿美妙景觀，而是膠泥脫落，露出過往，戰爭場面、人形猴神話，還有大叻山區的古代捉鬼人，他們以罈裝米酒計酬，帶著成群野狗從這村到那村，在棕櫚葉上寫咒語驅魔。

也有一些個人故事。譬如有次她提到妳是怎麼來的。播種的是駐紮在金蘭灣的美國海軍驅逐艦白人士兵。相遇那天，她穿紫色奧黛[5]，走路時，燈光滲透她的飄飄裙衩。那時，她已經離開父母安排的第一任丈夫。年輕女性生平第一次無親無故，如何在戰火城市生存？就靠她的紫色奧黛與身體。當她訴說，我的手緩下來，停了。沉浸在公寓四壁上演的電影，墜入她的故事，心甘情願迷失自我，直到她朝後伸手拍我的腿：「哎，你可別給我睡著！」我沒睡，當她的紫色衣裳在酒吧煙霧中輕飄，機油與雪茄味下杯觥交錯，士兵軍服散發火藥與伏特加味，我就站在她身旁。

她把我的手拉到胸前說：「小狗，幫我，幫我保持年輕，趕走我生命裡的雪——全部趕走。」那些午後，我慢慢察覺有時癲狂也能有新發現，碎裂斷線的心靈也未必全盤出錯。當白雪落下她的肩頭，染白我膝蓋旁的硬木地板，我們的聲音一再充斥房間，過去就在我們周圍展開。

還有校車那件事。就如其他早晨，那天沒人坐我身旁。我的臉貼緊車窗，眼前只有微暗晨光的淡紫窗景：六號連鎖汽車旅館、尚未開門的克林洗衣店，以及一輛沒有引擎蓋的米色豐田轎車困在前院，輪胎歪懸，半陷泥裡。校車加速，城市點滴快速旋轉如洗衣機裡的衣物。周遭男孩正在打鬧，我能感覺他們的四肢快速動作，疾揮的臂膀與拳頭攪動氣流，風吹向我的後頸。這種場景沒有我這種臉孔的份，我更加貼緊窗戶，逃避他們。窗外停車場中央突然出現金星，直到身後傳來聲音，我才驚覺是自己眼冒金星。有人把我的臉用力推向玻璃。

一個頂著黃色馬桶蓋頭、下頷激動發紅的男孩說：「講英文。」

媽，最殘酷的牆是玻璃。我超想打破窗框跳窗而逃。

男孩的下巴靠得更近，嘴巴貼我臉頰，口吐酸氣：「哎，你一向悶不吭聲嗎？不會說英文？」他抓住我的肩膀轉過去面對他：「我跟你說話時，你好好看著我。」

5 奧黛（áo dài），越南女性傳統長襖。

他才九歲，已經精熟美式失敗父親的語言。其他男孩察覺好戲上演，擠了過來，剛洗過的衣裳散發柔軟精的薰衣草與紫丁香味。

他們等著看好戲。我沒動作，只是閉上眼，男孩甩了我一巴掌。

他的肥鼻壓著我的發燙臉頰說：「講點什麼啊，一點都不會嗎？」

第二個巴掌落在頭頂，來自另一個男孩。

馬桶蓋男孩握住我的下巴，把我的臉轉向他。他眨眼，金色長睫毛抖動，稀薄似無物：「那你叫我的名，像你媽昨晚一樣。」

窗外，樹葉掉落，肥溼如骯髒鈔票掠過窗戶。我逼迫自己謙卑服從，說出他的名字。

我讓笑聲穿刺我。

他說：「再一次。」

「凱爾。」

「大聲點。」

我的眼睛依然緊閉，說：「凱爾。」

「小婊子真乖啊。」

然後就像陰霾突然放晴，一首歌從收音機傳出。「喂，我表兄剛參加了他們的演唱會耶！」就這樣，整件事落幕。他們的身影離開。我讓鼻涕落下，緊盯著妳買給我的鞋，那雙只要我走路，腳底就會閃現紅光的鞋子。

我的額頭緊靠前座，輕輕踢鞋，先是緩柔，而後加速。球鞋爆發無聲紅光：那是全世界最小的救護車，哪兒也去不了。

那晚，妳洗完澡，頭裹毛巾坐在沙發，手中的紅色萬寶路冒煙。我站在那兒，努力鎮定。

妳瞪著電視說：「為什麼？」

妳在茶杯裡按熄香菸，我馬上後悔吐實。「為什麼讓他們這麼幹？別閉眼。你不睏。」

妳眼神轉到我身上，藍煙在我們間旋升。

煙從妳的嘴角飄出：「什麼樣的男孩會讓他們這麼做？」妳聳聳肩說：「你什麼也不做，讓他們為所欲為。」

我想到校車窗戶，想到所有東西都像窗戶，妳我之間的空氣也像。

妳抓住我的肩膀，額頭火速頂著我的額頭。「馬上給我收聲。你一天到晚哭！」妳靠得如此之近，我能聞到妳齒縫間的香菸與牙膏味，妳說：「馬上給我不哭，我連碰都沒碰你呢，住嘴，幹！」

那天的第三巴掌讓我的視線甩到一旁，轉回面對妳前，我瞥見電視閃了閃。妳的眼睛掃射我的臉。

然後，妳攬我入懷，我的下巴用力靠在妳的肩頭。

妳對著我的頭髮說：「小狗，你得找出辦法。一定要。我的英文沒法幫你，無法阻止他們。你必須找出辦法。找到辦法，找不到，就別再跟我說這些事，聽到沒？」妳往後退，說：「你得變成真正的男孩，變強壯，捍衛自己，否則他們不會停止欺負你。」妳把手放在我的肚皮上，幾乎低語地說：「你有一肚子英文，要會用，知道嗎？」

「是的，媽。」

妳把我的頭髮撥到一邊，親吻我的額頭。研究我，看得有點久，然後倒回沙發，揮手說：「再幫我拿根菸。」

當我拿著萬寶路與芝寶打火機回來，電視已經關掉。妳呆坐望著藍色窗外。

第二天上午，我在廚房看妳倒牛奶，杯子跟我的腦袋一樣高。

妳驕傲噘嘴說：「喝掉。這是美國牛奶，會讓你長大很多。絕對。」

我喝了那麼多冰牛奶，直到麻木的舌頭嚐不出味道。之後每個早晨，我們重複相同儀式：厚厚的白色牛奶束倒出，我大聲咕嚕喝下，確保妳看見。妳我都期盼消失於我體內的白色會讓我這個黃色小孩變強。

我認為我喝的是光，讓我的身體充盈光。牛奶會像氾濫白光洗去我的全部黑暗。妳敲敲檯面說：「再多喝一點。我知道分量很多，但是值得。」

我把杯子鏘地一聲放回檯面，滿臉笑容。妳雙手抱胸說：「你瞧！你這會兒已經像超人了！」

我微笑，牛奶在唇間冒泡。

有人說，歷史並非我們想像的直線行進，而是螺旋。我們以圓形拋物線穿越時間，每次離開中心只為了旋回，卻比原先遠了一圈。

蘭講故事也是螺旋行進。有時故事會有微小變化，都是細節，譬如發生於幾點、某人的襯衫顏色、兩次轟炸不是三次、AK四七取代九釐米、女兒在笑而非哭。敘事的位移是必然的——過去從來就不是固定休止的景觀，而是再視。不管願意與否，我們都是螺旋行進，從過往創建新物。蘭說：「讓我變年輕，小狗，讓我頭髮再度變黑，而不是像雪。不要像雪。」

媽，實情是我不知道，我寫過白紙黑字的理論，又刪去，離開書桌去燒水，讓水沸哨聲改變我的想法。妳對事物有過任何理論嗎？我知道如果問妳，妳會掩嘴而笑，那是妳童年村裡女孩常見的習慣，雖說妳的牙齒天然齊整，卻終身不改這個習慣。妳會說，沒有，理論只適合時間太多、決心太少的人。可是，我有一個。

還記得那次我們搭機去加州嗎？妳要再給他（我老爸）一次機會，雖說他的無數次反手巴掌讓妳的鼻梁仍歪。那時我六歲，蘭與梅留在哈特福。飛行時一度亂流猛烈，我的整個小身軀拋離椅墊，又被安全帶扯回。我開始哭。妳攬住我的肩膀，貼近我，用妳的重量吸收飛機的震動，指著窗外的厚雲帶說：「當我們飛到這麼高，雲開始變成巨石，石頭堅硬，所以你才會有感覺。」妳的嘴摩擦我的耳朵，妳的聲音舒緩我，我細看天際線上的石灰岩色巨山。是的，飛機當然會震動。我們是在穿山呢，這是一趟堅忍的超自然航行。要回去那個男人身邊，正需要這樣的魔法。飛機本就該震顫，甚至幾近碎裂，因為自然律改寫了。我朝後躺，看飛機穿過一座又一座山。

妳的字彙奇少，比存在櫥櫃牛奶桶裡的美甲小費銅板還少。通常，妳指著鳥、花，或者沃爾瑪百貨的一對蕾絲窗簾，不管什麼，只會說漂亮。有次妳指著鄰院白色蘭花上的盤旋蜂鳥，驚嘆：「黛瓜！」（Đẹp quá）[6]。妳說：「真是漂亮。」問我那是什麼？我只知道牠的英文名字。妳茫然點頭。

第二天，妳全然忘記怎麼說，蜂鳥兩字的音節自妳舌間溜走。但是當我從城內返家，瞧見前院有個蜂鳥餵食器。注滿清澈糖水的玻璃圓球彩色塑膠花兒環繞，上有針孔小洞給蜂鳥啄食。我問妳，妳從垃圾裡掏出揉皺的紙盒，指著上面的蜂鳥，牠的模糊翅膀與針喙，那是妳無法發音卻能認出的鳥。「黛瓜，」妳微笑說：「黛瓜。」

一晚妳下班，我跟蘭已經吃過茶泡飯，我們步行四十分鐘到新不列顛道上的C城超市。快要打烊，走道無人。下週冬寒，妳想買牛尾煮順化辣河粉。

肉攤前，我跟蘭手牽手站在妳身旁，妳巡視玻璃櫃裡一排排大理石花紋的鮮肉。找不到牛尾，妳揮手叫櫃檯後面的人。他問要什麼，妳停頓好久，才用越語說：「牛尾。有沒有牛尾？」（Đuôi bò. Anh có duôi bò không？）

他眼睛閃亮來回看我們，靠近點，又問一次。蘭的手在我手中扭動。妳驚慌失措，食指放在腰背部，微微側身，讓那人看著妳擺動手指，並發出「哞」聲，另一隻手在頭頂擺出兩隻角。然後妳仔細地扭、轉，好讓對方認出妳表演的每個部位：角、尾巴、牛尾。但他只是笑了，先是掩嘴，而後放聲。妳額頭的汗珠反射螢光。一位中年婦女抱著

---

6 越語的漂亮。

一盒幸運棉花糖麥片快步經過我們，勉強壓抑笑容。妳舌舔臼齒，兩頰鼓起。看似快溺斃於空氣裡。妳試小時學的法語，大叫「Derrière de vache」！脖子青筋暴現。那男人沒回答，而是喊叫後面房間的人，一個深膚矮個子出來，對妳講西班牙語。蘭放開我的手，加入妳的陣容——母女旋轉咩叫。蘭全程咯咯笑。

兩個男人爆笑，手拍檯面，潔白大齒全露。妳轉身看我，滿臉汗珠，懇求：「跟他們說，去跟他們說我要什麼。」我那時還不知道牛尾的英文叫oxtail，搖搖頭，羞愧泉湧。兩男人凝視，哄笑變成迷惑關切。店要打烊了。其中一人低頭，神色誠懇再問一次。但是我們已經轉身離去。放棄牛尾，放棄順化辣河粉。妳抓了一條神奇麵包跟一罐美乃滋。結帳時，我們沒說話，我們的語言突然到處碰壁，連在我們嘴裡都不對。

排隊時，一盒心情戒指夾在糖果與雜誌間。妳拿起一個，看看價錢，拿了三個，一人一個。過了一會兒，妳說：「黛瓜。」聲音幾不可聞：「黛瓜」。

羅蘭．巴特寫：世間沒有兩種東西的關係是恆常愉悅。作者有，那就是他與他的母語。但是，如果你的母語發育不良呢？如果它不僅象徵空無，本身就是空無呢？如果訴說母語的舌頭被剪斷了呢？人可以不完全失去自我，就能享受「失去的愉悅」嗎？我所知的越語就是妳教我的，用詞與句法僅及小二程度。

小女孩時，妳躲在香蕉樹後，看著美國燒夷彈夷平妳的教室。那年妳五歲，此後沒再踏進學校。所以我們的「母」語根本不是母親而是孤兒。我們的越語是時光膠囊，標記妳的教育戛然而止、變成灰燼。所以，媽，當我們以母語交談，只有一點點越南成分，卻全然是戰火。

那晚，我暗自發誓，以後妳若需要我代言，絕不默聲。我開始成為家族翻譯者。從此，凡有必要，我便負責填滿我們的空白、沉默、口吃。我轉換符碼。拿掉自己的語言，換上英語，有如戴上面具，旁人才能看見我的臉，進而，妳的臉。

當妳在鐘廠工作了一年，我幫妳打電話給老闆，以最禮貌的用詞說妳希望減少工時。為什麼？因為她累壞了，回家後在澡缸睡著，我擔心她會溺斃。一星期後，妳的工時減了。還有好多次，我照著「維多利亞的祕密」目錄打電話幫妳訂胸罩、內衣、內搭褲。客服小姐先是吃驚電話那頭是前青春期少年的聲音，明白是代母訂購便覺有趣，大表驚奇，經常免我運費。有時還問我上哪個學校、看什麼卡通，還會講她們的兒子，以及，妳鐵定很開心有我這個兒子。

我不知道妳開心嗎？我從未問過。

回到公寓，沒有牛尾，卻有三個心情戒指，各自在我們的手指發光。妳面朝下躺在地板的毯子上，蘭跨騎妳的背上，揉鬆妳糾結僵硬的肩膀筋脈。電視的綠色螢光讓我們彷如置身水底。蘭又開始漫語獨白她的生平故事，每個句子都是上次的重新編排，偶爾停頓問妳痛不痛。

羅蘭・巴特說，兩種語言會互相抵消，需要第三種[7]。有時，我們言語不多且間歇過久，甚至消失。當舌頭失敗，手雖受皮膚與軟骨隔離，或許可以成為第三種語言。

是的，我們越南人很少說我愛你，就算說，也永遠是用英文。對我們來說，服務最能表達愛與關心：拔白頭髮、趴在兒子身上吸收飛機的震盪（也吸納他的恐懼）。又或者如蘭現在的呼喚：「小狗，過來，幫我按摩你媽。」我們跪在妳左右，揉搓妳上臂僵硬的經脈，再到小手臂與指尖。這樣的時刻雖短暫，近乎無關緊要，但是地板上的三人以手連結，很合理的，構成了所謂的「家」。

妳的肌肉鬆弛了，呻吟，除了我們的重量，妳感覺輕若無物。這時妳抬起手指、臉對毯子說：「我快樂嗎？」

直到我看到心情戒指，才知道妳要我解釋美國的另一個部分。我還來不及回答，蘭也把手伸到我鼻下說：「小狗，也幫我看。我快樂嗎？」[8]這雖是寫給妳的信，也在吐露給所有人知——如果一個男孩的名字是護盾，卻又將他變成野獸，沒有安全所在，何來私密所在？

我回答：「是的，妳們都很快樂。」其實我什麼都不知道，還是回答：「媽，是的，妳們都快樂。」因為槍聲、謊言、牛尾，不管何者是妳的神，都必須不斷回答**是**，讓它成圓圈，成螺旋，只為了聆聽它真實存在。因為最好的愛就是自我重複。不是嗎？

蘭高興揮手說：「我快樂！」她指指妳，妳的雙臂外張如槳，我和她各佔一邊。她說：「我在船上很快樂？你們瞧見沒？」我低頭看，看見了，棕黃色地板窩漩泥流。我看到弱弱的潮水夾著厚厚的油汙與死草，緩緩後退。我們沒在划船，而是漂浮。我們攀著大如木筏的母親，直到母親陷入熟睡僵直，我們也陷入寂靜，木筏帶我們順著這條名為「美國」的大河而下，終於快樂了！

---

7 作者注：此段是對羅蘭．巴特的釋義，出自《羅蘭巴特論羅蘭巴特》（*Roland Barthes*）。

8 心情戒指是種小玩意，會隨心情改變顏色。

這是個美麗國家，端視你看的是哪裡。就你的視線，你可能看到一個女人等在泥巴路肩，臂彎中的女嬰裹天藍色包巾。她手遮女娃的頭，輕搖臀部。這女人想：生下來的是妳，因為沒有其他人。她開始哼唱：因為沒有其他人。

女人不到三十。女兒抱在肩頭，站在美麗國家的泥巴路肩，兩名男人手持M—十六步槍走近。這裡是檢查哨，蛇籠與武器就是它的門禁。她身後的田野，戰火逼近，一股煙塵衝過白空。第一名男子黑髮，第二名男子的黃色鬍髭像陽光傷痕。他們的疲憊散發汽油臭味，步槍隨著走動搖擺，槍拴在午後豔陽下閃光。

女人。女娃。槍。老套路。人人會說的故事。是你可以轉身不看的電影轉義比喻。只是這個已經發生，且被記錄。

開始下雨；女子赤足，腳邊泥巴濺出棕紅色引號，引號內是她以身體訴說的語言。白襯衫因汗水貼緊嶙峋肩膀，身邊草葉趴平，好像上帝在此按下巴掌，標誌這將是祂第八日做工之處。人們告訴她，這是個美麗國家，端視你是誰。

那不是神，當然不是，只是直升機，一架休伊[9]，它是另一種上帝，捲起劇烈狂風，幾呎外的高草叢，一頭棉灰色禽鳥撲翅，無法站穩。

女娃眼裡倒影天上直升機，她的臉蛋像熟透落地的蜜桃。因為我的書寫，你們才看見了她的天藍色包巾。

在這個美麗國家的極內陸某處，一排日光燈照明的修車廠後方，傳說，五名男子坐一桌，拖鞋腳下是幾窪不反光的機油。桌邊放了一堆瓶子，刺眼燈光照出裡面的晶亮伏特加。男人們說話，不耐挪動手肘，每次有人望向門口，眾人便一陣沉靜。門隨時會打開。燈光閃滅了一下，恢復穩定。

伏特加倒進一口杯。杯子因為收放在上次戰爭留下的子彈盒裡，有些杯口染上鏽色。杯子擺到桌上，發出重重的鏘聲。灼燒入喉，饑渴滋生的黑暗一口吞沒。

如果我說，如果我說，人造狂風壓頂而下，那女人彎腰承受，你看得見嗎？你現在的位置，離我訴說故事的書頁僅數吋，卻相隔數十年，你能瞧見天藍色包巾拂過她的鎖骨，她的左眼梢有痣，而直到男人走近，那對細瞇的眼睛才發現他們不是男人，只是男孩，十八，最多二十？你能聽見直升機的聲音咆哮肢解空氣，淹沒底下的吶喊聲？那風兒粗暴夾帶煙塵，還有一股汗臭焦味，來自田野邊一棟茅屋，詭異，辛辣。幾分鐘前，

9 美國的軍用中型多用途直升機。綽號「休伊」。

屋裡還充滿人聲。

女娃耳朵緊貼女人胸膛，好似躲在門後竊聽。女人體內有股東西在流，是一個句子的開始，還是正在重組？她閉上眼睛，搜索言語，舌頭止於詞句的懸崖。

男孩手腕青筋暴現，舉起M—十六步槍，手臂金毛汗溼成棕色。屋內男人在喝酒談笑，牙縫巨大，齒如骨骰。這男孩嘴角一撇，綠眸蒙上粉影。他是一等兵。屋內男人打算醉忘世事，其中幾人手指還有老婆的化妝品香味。男孩嘴巴迅速張合。他在發問，一個問題，許多問題，圍繞話語的空氣被攪成氣候。從語言滑落之物，可有它專屬的語言？男孩牙齒一閃、指頭扣上扳機，說：「不行。不行。退回去。」

男孩胸前橄欖色名牌框著字。女人雖不識字，卻知道它代表一個名，父親或母親賦予之物，輕若無物，卻跟心跳一樣，終生背負。她認得第一個字母是C。像鵝貢（Go Cong）市場的C一樣。兩天前她才去了這個露天市集，入口霓虹燈閃爍。她要替女娃買條新包巾。要價比她盤算的貴，但是它就像青天夾在灰棕色閃電間，雖然夜色已濃，她還是下意識望向天空，知道花錢買了這條包巾就沒飯吃。但是。天藍色耶。

門打開，有的男人放下酒杯，有人迅速飲盡。一頭白髮整齊的駝背男子拿著皮帶頸箍，牽進一隻狗兒大小的獼猴。沒人講話。十隻眼睛緊盯蹣跚步入房內的那隻哺乳類動物，牠的炙紅色皮毛散發酒精與排泄物味道，一整個上午，牠在籠裡被強餵伏特加與嗎啡。

男人頭頂的日光燈管穩定嗡鳴，彷彿眼前景象是一場光之夢。

女人站在泥巴路肩，使用已被戰火消弭的語言懇求准許她進入村子，那裡有她的家，數十年了。這是一則人的故事。任何人都能講上一段。你能嗎？你能講出雨勢變大，點滴敲擊，為天藍色包巾綴上黑色斑點嗎？

士兵的大嗓門讓女人往後退，晃了一下，手臂亂揮，隨即站穩，牢牢抱住女娃。母與女。你和我。這是則古老故事。

駝背男子將獼猴帶到桌下，把牠的腦袋塞到桌子中間的圓洞。有人又開了一瓶酒。瓶蓋喀擦扭轉，男人們忙伸手拿杯。

猴子被綁在桌下的木樁。不停扭動。皮帶勒住了牠的嘴，模糊了牠的尖叫，聽起來像是在離池塘很遠處甩桿的轆轉聲。

看到男孩胸口名牌，女人想起自己的名。畢竟，擁有名字是他們僅有的共同點。她說：「蘭，Tên tôi là Lan 。」我的名字叫蘭。

蘭是蘭花。這是她給自己的名。父母沒為她取名，母親管她叫老七，她在手足的排行。

蘭十七歲時才給自己取名，那年她逃離父母安排的婚姻，拋棄年紀比她大兩倍的丈夫。那晚，她給丈夫沏茶，添加了蓮花梗，讓他睡得更熟，直到棕櫚葉牆隨著丈夫鼾聲輕搖，她在漆黑中摸著一根根低枝逃亡。

數個小時後，她敲家門。母親透過門縫說：「老七啊，妳應該知道拋棄丈夫的女人就像收成裡的爛穀。妳該知道啊。」隨後她伸出老繭如樹瘤的手，把一對珍珠耳環塞到蘭手中，關上門。蒼白臉孔消失於門扉後，喀啦，上鎖。

蘭跌撞走向最近的一盞街燈，耳旁蟋蟀大鳴，她沿著黯淡街燈前行，直到霧兒抹臉的城市浮現晨光裡。

一個賣米糕的男人瞧見她，看到她骯髒的睡衣領口綻裂，便盛了一杓熱騰騰的甜米糕放在芭蕉葉上給她。她跌坐泥地，咀嚼，眼睛死盯煤灰腳丫間的土地。

男人問：「妳打哪兒來？妳一個年輕女孩怎麼會在這時辰晃蕩？妳叫什麼名字？」

她的嘴自行浮上豐富的聲音，那是咀嚼米粒形成的聲母ㄌ，搶在拉長的韻母ㄢ之前發出，ㄌ—ㄌㄢ。沒什麼特別理由，她決定要為自己命名蘭。米粒有如碎光從唇間滑落。「我叫蘭。」

圍繞男孩士兵、女人、女娃的是堅韌不變的蔥綠大地。但是，歷經邊界的跨越、抹消、切割、重組，這塊大地究竟誰屬？

現在她二十八歲了，生了個女娃，裹在一塊她竊自天空的藍布裡。

有些晚上，女娃熟睡，蘭瞪視黑暗，想著另一個世界，在那個世界，一個女人抱女兒站在路旁，指尖大小的月兒掛在清空。那個世界沒有士兵沒有休伊，女人只是在溫暖春夜外出散步，對女兒輕言訴說故事，故事裡有個女孩逃離面目模糊的青春，只為替自己命名蘭，一種綻開如撕裂的花朵。

獼猴到處都有又體型瘦小，成為東南亞最常見的獵物。

白髮男子舉杯致意，微笑。其他五個男人也對他舉杯，杯底不可養金魚，只能透光，規矩如此。舉杯的手即將用手術刀切開獼猴的腦袋，如瓦甕掀蓋，然後他們會輪流吃猴腦，浸酒或者搭配磁盤裡的蒜片吞下，整個過程，猴子都在桌底踢搗。釣魚線甩了又甩，始終沒落入水面。男人們相信此種飲食可以治療不舉，猴子掙扎得越厲害，療效越佳。他們是為了下一代的基因著想——為了尚未出世的兒子女兒。

他們用向日葵花紋的紙巾擦嘴，紙巾旋即變棕，而後破損，溼透了。

那晚，他們會煥然一新回家，酒足飯飽，趴上老婆或情人的身上。臉兒貼臉，香粉味兒入鼻。

滴答，滴答。溫熱液體流下蘭的黑褲管。阿摩尼亞刺鼻味。她在兩個男孩面前挫尿了，更用力抱緊女兒。她的腳邊一圈溼熱。在所有哺乳類中，獼猴的腦袋最接近人類。

雨滴滑落金髮士兵滿是泥巴的臉頰，顏色變深，慢慢在他的下巴集成刪節號。

「**你**棒棒，」尿液還在滑落腳踝，她再度大聲說：「你棒棒，別砰砰。」她高舉沒抱娃的那隻手，好像等人超拔。「別砰砰。你棒棒。」

男孩眼皮抽搐一下。像綠色葉子落入綠色池塘。

他瞪視女娃以及她過度粉嫩的皮膚。女娃叫 hoa hồng，玫瑰。既要取名，再來一朵花有何不可？hồng 字發音，整張嘴呈吞噬狀。蘭花與玫瑰並肩長在灰黃色路上。母親抱著女兒。蘭花梗上開出玫瑰花。

士兵注意到玫瑰的頭髮，隨性的肉桂色，太陽穴邊緣微金。蘭看見士兵在瞧女兒，更用力將她的臉埋向胸口，遮掩她。男孩注視這娃兒，黃色身體透白，心想，這可能是我的種呢。他突然領悟他認識的人可能是這娃兒的爸——他的中士、小隊長、隊同袍、麥可、喬治、湯姆斯、雷蒙、傑克森。他用力握緊步槍，仔細思索上述人，瞪著美國槍口下的流著美國血液的女娃。

蘭現在變成低語：「別砰砰……你棒棒……你棒棒。」

以往，大家認為自我質疑與反思是人類才有的屬性，但獼猴也會。某些物種的舉止顯示牠們會判斷、創造，甚至使用語言。牠們會回憶過往影像，用於解決眼前的問題。換言之，記憶之於獼猴就是生存。

那些男人會一直吃到猴腦空了，每挖一杓，猴子便更遲緩，四肢沉重，了無生氣。當吃乾抹淨，獼猴的記憶全部化入這些男人的血液，猴子死了。再開一瓶。

哪些人會消失在我們訴說的故事裡？哪些人會化入我們自身？畢竟說故事就像吞噬。言語時張開嘴，剩下的只有骨頭——沒說的部分。那是個美麗國家，因為妳還活著。

你棒棒。別砰砰。舉手。別開槍。你棒棒。舉手。別砰砰。

雨兒持續，因為滋養也是一種力量。第一個士兵後退。第二個士兵移開木柵欄，揮手叫女人通過。她身後的房子燒成篝火。休伊升高，稻梗復挺，僅略凌亂。天藍色包巾被汗水與雨水浸成靛青。

車庫有面牆油漆剝落露出磚，一個架子充當神壇。上面擺了聖人、獨裁者、烈士的鑲框照，還有死者照片——母親與父親從框內朝外望，眼睛眨也不眨。玻璃鏡面反射出癱坐在椅上的兒子們。其中一人拿起未喝完的酒，倒到黏兮兮的桌面，擦乾。白布蓋住獼猴空空的腦袋。車庫頂的日光燈閃了閃，恢復穩定。

女人站在自己的一圈尿中。不。她腳底的不是尿，而是真人大小的句點，標記她的句子結束，她還活著。男孩轉身，回到檢查哨。另一個男孩碰碰頭盔向她致意，她注意他的手指仍放在扳機上。這是個美麗國家，因為妳仍在其中。因為妳叫玫瑰，妳是我的母親，而那年是一九六八——**猴年**。

女人朝前走，經過守衛，打量步槍最後一眼。槍口顏色跟她女兒的嘴差不多。日光燈閃了閃，穩住。

我在動物痛苦叫聲中醒來。房內漆黑，難辨自己是否已經張眼。風吹進窗縫，八月夜風甜美，但化學除草劑的刺鼻漂白水味粗暴劃過，那是郊區草坪整齊剃頭的氣味，我突然明白不在自己家裡。

我坐在床邊聆聽。可能貓與浣熊打架負傷哭喊。我在黑暗中平衡身體，摸索前往走廊。走廊底的門開了一條縫，透出刀刃狀紅光。那動物在屋內呢。我摸牆前進，溼氣讓牆壁有如黏溼皮膚。我走到門前，聽到陣陣低泣夾著喘氣聲，沉重，這東西肺大，應該比貓大許多。我偷窺紅色門縫，看見他：男人在閱讀椅上傾身，白色皮膚與更白的頭髮被紅色燈光染成赤裸粉紅。我想起來了：我九歲，在維吉尼亞州，放暑假。男人是保羅，我的外祖父——他在哭。一張揉皺的拍立得照片在指間輕抖。

我推開門，刀片似的紅光變大。他抬頭看我，迷失，是個淚眼汪汪的白種男人。屋內沒有野獸，只有我和他。

一九六七年，保羅與美國海軍駐紮在金蘭灣，遇見蘭，地點在西貢的酒吧，開始約會，戀愛，一年後在當地中央法院結婚。我童年時，他們的婚照一直掛在起居室。照片裡，一個瘦削、不滿二十三歲、棕色眼眸如鹿的維吉尼亞州農場男孩，滿臉笑意朝下看著新婚妻子——比他大五歲，也是農家女，來自鵝貢，和父母安排的前任丈夫有個十二歲女兒梅。當我在起居室玩娃娃與玩具兵，照片俯視我，那是來自震央的肖像，世間因而有我。從這對新婚夫婦的樂觀笑容，難以察覺照片拍攝於戰爭的殘酷高點。拍照時，蘭的手放在保羅胸前，珍珠戒指折光，而妳已經一歲，鎂光燈閃亮時，妳坐在攝影師背後的嬰兒車裡。

有天，我幫蘭拔白髮，她告訴我，逃離失敗的第一任婚姻，初到西貢，找不到工作，只好成為性工作者，提供休假美國大兵娛樂。她彷彿站在陪審團前捍衛自己，語中帶刺驕傲地說：「做母親的，該怎麼做就怎麼做。我找到填飽肚子的方法。誰能批評我？誰？」她微抬下巴，對房間另一頭的隱形人昂首。就在那時，我聽見她說溜口，才明白她真的在跟人對話：她的母親：「我根本不想這樣，媽，我是想回家的。」她往前一傾，我手中的鑷子鏘地掉落地板。她哭著說：「我根本不想當妓女，離開丈夫的女人是收成中的爛穀。」她重複母親說的諺語：「離開丈夫的女人……」左右搖擺，雙眼緊閉，面向天花板，好像回到十七歲。

一開始，我以為她又在瞎掰故事，在她的結巴敘述裡，那些詭異的時刻與超乎尋常的情節逐漸聚焦，細節清晰浮現。譬如士兵身上混合瀝青、菸草與芝蘭口香糖的薄荷味，這是戰爭的味道，滲透肌理，用力刷洗也無法袪除。她把梅託給村裡的妹妹照顧，跟河邊漁夫租了沒窗戶的房間，在那兒招待美軍。樓下的漁夫會從縫隙偷窺。軍靴多麼重，當他們爬上床饑渴摸索她，靴子踢落地板的砰聲還真像屍體倒地，讓她忍不住抖瑟。

說這些事情時，蘭的身體會緊繃，聲音壓抑，沉入她的第二個意識。說完後，她將我轉個身，她的手指擱在唇上：「噓噓。別告訴你媽。」然後彈一下我的鼻子，露出瘋狂笑容，兩眼晶亮。

至於保羅呢？害羞怯懦，說話時雙手擱在膝上。他不是蘭的客人，因為如此，兩人才一拍即合。蘭說，他們的確是在酒吧相遇的。她進酒吧時，已經很晚，快午夜，她剛結束當天的工作，想喝杯睡前酒，看見一個失落的男孩（她的說法）孤獨坐在吧檯。那晚美軍在高級酒店有個社交活動，保羅等待的女伴始終沒現身。

他們喝酒聊天，發現共同點，都是鄉下孩子，在自己國家的窮鄉僻壤長大。看似不可能，兩個鄉巴佬卻找到共同語言，消融不同語言的鴻溝。儘管人生路途各異，卻都被連根拔起，置身一個被轟炸空襲包圍的腐敗迷茫城市。因為這樣的相同偶然，他們尋求彼此的安慰。

兩個月後的一晚，保羅與蘭躲在西貢一個單房公寓。越共滲入城市大舉推進，是史上惡名昭彰的「新春攻勢」（Tet Offensive）。一整晚，蘭背靠牆蜷縮，保羅在旁，握著部隊發的九鳌米手槍，瞄準房門。門外，迫擊彈與警笛撕裂了整個城市。

雖是淩晨三點，燈罩下的光卻有種邪惡黃昏尾聲的感覺。在燈泡的閃鳴中，我與保羅瞧見門檻內外的彼此。他用掌心抹抹眼角，另一隻手招呼我進去，把照片塞到胸前口袋，戴上眼鏡，使力眨眼。我坐在他旁邊的櫻桃木扶手椅上。

我仍睡意朦朧，問：「你還好吧，外公？」他皺眉一笑。我說時辰還早，或許我該回去睡覺，他搖搖頭。

他擤擤鼻，坐直身體，嚴肅地說：「沒關係。我只是……只是老想著你早先唱的那首……」斜眼瞧地板。

我說：「歌籌（Ca trù），民謠。外婆常唱的。」

他用力點頭說：「對對。歌籌。我躺在黑暗裡，可是我發誓一直聽到它。我好久沒聽過。」他瞄我一眼，探索，然後又盯地板，說：「我鐵定快瘋了。」

稍早，晚飯後，我唱了幾首歌謠給保羅聽。他問我那年在學校學了什麼，已經入夏，我還在繳白卷，因此，我說唱蘭的歌好了。我用心唱了她常唱的經典搖籃曲。這曲子最早是慶璃[10]唱的，描寫一個女人站在滿布屍體的草葉山坡，搜尋死者的臉龐，曲子的反復句唱：哪個是妳，姊，哪個是妳？

媽，妳可還記得，蘭沒事就唱它？還在我朋友朱尼爾的生日派對上唱，才一瓶海尼根，她的臉就紅得像牛絞肉。妳搖晃她的肩膀，叫她住嘴，但是她繼續唱，雙眼緊閉，左右搖晃。幸好，朱尼爾與他的家人不懂越語。對他們來說，只是我的瘋阿嬤又在胡亂呢喃。但是妳跟我都懂。最後，當屍體不斷自蘭口中飛出，原封不動堆積妳我身旁，妳放下一口都沒吃的鳳梨蛋糕，玻璃盤哐鏘。

我唱的是同一首歌，桌上擺著空盤，沾了焗烤義大利麵的殘漬。保羅聽了後只是拍拍手，然後我們洗碗盤。我忘記保羅當兵時學了越南話。

我看著紅色燈光在他眼皮下蓄積成窪，說：「對不起，那是一首蠢歌。」

屋外，風兒掃過楓樹，沾雨樹葉拍打木頭疊板。我說：「外公，咱們煮點咖啡什麼的。」

他說：「好。」想了一會兒，起身，說：「等我穿上拖鞋。早上，我總是冷。我鐵定身體有毛病。老了。體熱全流回身體核心，直到有一天，兩腳冰涼。」他差點笑了，結果摸摸下巴，抬手，好像要打人，喀啦一聲，關了燈，寂靜的紫羅蘭色浸滿房內。陰影裡，他的聲音傳出：「小狗，我很開心你來了。」

10 慶璃（Khánh Ly, 1945-），本名阮氏麗梅，越南著名歌手。

數星期前在哈特福家中，妳指著電視中的老虎伍茲問：「他們幹嘛老說他是黑人？」妳瞇眼看果嶺上的小白球說：「他老媽是臺灣人[11]，我看過她的長相，人們卻老說他是黑人。至少該說他半個黃種人，是不是？」妳收好手中的多力多滋，夾到腋下，歪著頭問：「怎麼會這樣？」等待我的答案。我說不知道，妳聳眉說：「什麼意思？」抓起遙控器，轉大音量，說：「你仔細聽，然後告訴我這男人為啥不是臺灣人？」妳撩撩頭髮，眼睛追隨螢幕上的伍茲，他來回走動，不時張開腿瞄桿。此時電視沒提他的種族成分，妳要的答案始終沒來。妳拉過一綹頭髮到面前檢查，說：「我得多上點髮捲了。」蘭坐在我們旁邊的地板削蘋果，沒抬頭，說：「他一點都不像臺灣人，像波多黎各人。」

妳望了我一眼，往後靠，嘆氣，過一會兒後說：「什麼好東西都是外來的。」然後轉臺。

一九九〇年，我們初抵美國，便注意到膚色有異，卻對膚色毫無了解。那年冬天，第一次踏入我們位於法蘭克林道的一房公寓，膚色規則就變了，連帶我們的臉孔也變了，我們的鄰居多為拉美裔。在越南時，蘭被視為膚色黑，到這裡顯淡了。媽，妳則是白到可以「混充」白人。就像那次我們在西爾斯百貨，金髮店員彎腰摸摸我的頭，問妳我是「親生的還是領養的」？直到聽見妳結巴用錯英文，聲音逐漸消失，頭低低，她才驚覺自己搞錯了。儘管外表像白人，舌頭還是將妳放逐在外。

不會講英文，恁誰也無法冒充美國人。

我拿出「第二語言英文課」的本事說：「不，女士，她是我媽。我從她的屁眼出來的，我很愛她。我七歲。明年八歲。我表現不錯。我很好，您呢？聖誕快樂。新年快樂。」一哇啦啦的長篇用掉我當時詞彙的八成，我興奮到發抖，因為自己居然口若懸河。

妳就像所有越南母親，絕口不提女性生殖器，出現於母子間，更是禁忌。所以談到生孩子，妳總說我從妳的屁股出來的。妳會開玩笑地拍我的頭說：「你這個大磚頭差點撕裂我的屁股！」

那店員嚇到捲髮抖顫，轉身，噔噔走掉。妳低頭瞧我，問：「你到底說了啥鬼？」

美國陸軍中校厄爾．丹尼森．伍茲兩度奉派越南，一九六六年空檔駐紮泰國，遇見了庫爾蒂達．蓬薩瓦德。庫爾蒂達是泰國人，在曼谷美軍辦公室擔任祕書。約會了一

---

11 老虎伍茲的母親來自泰國，有華人、泰國與荷蘭血統。

年，厄爾與庫爾蒂達搬到紐約布魯克林，一九六九年結婚。一九七〇到七一年間，厄爾最後一次被派往越南，當時美國逐漸減少介入越南戰事。西貢淪陷時，厄爾已經正式退役，開始新生活，更重要的，最後一架美國直升機離開西貢美使館六個月後，他的兒子誕生了，他必須養育孩子。

根據我讀過的ESPN運動員介紹，這孩子的出生名是艾德瑞克・棟・伍茲[12]。他的名Eldrick取父親名厄爾（Earl）的E為首，以母親名庫爾蒂達（Kultida）的K為尾。他的父母因為是跨種族婚姻，布魯克林的屋舍經常被破壞塗鴉，但是他們堅持成為兒子的首尾，做他的棟梁。艾德瑞克的中間名是棟（Tont），母親為他取的泰國傳統名。不過，出生沒多久，這男孩就有了一個綽號，後來這個綽號名滿天下。

艾德瑞克・老虎・伍茲，全世界最偉大的高球名將，媽，他跟妳一樣，也是越戰的產物。

保羅跟我在院子採收羅勒，他答應傳授青醬麵食譜。因為今早的話題觸及過往，現在我們小心避免，談的是非籠養雞蛋。他暫停採收，抬高壓過眉毛的棒球帽，開始說教，極度熱切，說一般大量繁殖的農場雞使用抗生素，導致各種感染；蜜蜂又是如何大量死亡，蜜蜂絕跡，整個美國的糧食供給三個月後就完蛋；橄欖油只能低溫烹煮，高溫會讓它釋放致癌的自由基。

我們迂迴，以免前進。

隔壁啟動落葉機。樹葉抖飛，連串細聲落在街道。保羅彎腰拔豚草，口袋掉出照片，正面朝上落在草地。黑白拍立得，只比火柴盒大一點，一群年輕人滿面笑容。儘管保羅手腳快，照片一落地就連忙撈回口袋，我還是認出了兩張熟面孔：保羅與蘭，摟抱彼此，眼神的歡樂熾烈罕見到像假的。

回到廚房，保羅倒了一碗葡萄乾麥片沖水給我吃，這是我喜歡的方式。他撲通坐在桌前，脫掉帽子，伸手拿捲好的大麻，他的大麻菸像細長糖包一根根插在瓷杯裡。保羅三年前罹癌，他深信跟越戰時接觸落葉劑有關。腫瘤長在他的頸背，脊椎骨上方。幸好，在癌細胞入侵大腦前就被診斷出來。經過一年的化療失敗，決定開刀。從診斷到抑制，整整兩年。

保羅往椅背一靠，以手掌遮火，烤一烤菸，大吸一口，香菸尖端紅閃。抽菸模樣好像葬禮後一根菸。他背後牆壁掛著彩色筆畫的南北戰爭將軍，那是我的學校作業。幾個月前，妳寄來給保羅的。菸霧飄過三原色的石牆傑克森[13]，然後消散。

12 老虎伍茲本名Elderick Tont Woods，Tont是泰國男子常用的小名，初，始之意。

帶我來見保羅前，妳坐在哈特福家中床上，長長抽口菸，說了。妳雙手擱在我的肩頭，我倆間的菸霧變濃，妳說：「聽好了，看著我，我是認真的，你聽我說，他不是你的外公，知道嗎？」

這話有如穿透血管進入我的身體。

「意思是他不是我的父親，明白嗎？看著我。」我已經九歲大，知道何時該閉嘴，所以沒說話。認定妳不過跟全天下女兒一樣，有時氣極老爸會口不擇言。但是妳繼續說，聲音平靜冷淡，像沿著長牆堆石頭，一顆又一顆。妳說，蘭在西貢酒吧遇見保羅的那晚，已經懷孕四個月。妳的親生父親不過是另一個美國大兵——面貌不詳，名字不詳，無足輕重。除了妳。這人留下的只有妳，還有我。妳往後一靠說：「你的外公是個無名小卒。」之後，香菸又塞進嘴裡。

直到那刻前，我以為我跟這個國家至少有個羈絆，那就是外公，一個有面孔、有身分，能讀能寫的人，我生日時會打電話給我，我是他的一部分，他的美國姓氏流在我的血脈裡。現在，這個臍帶被切斷了。妳的臉蛋與頭髮一團亂，起身，把萬寶路菸蒂彈向水槽，說：「寶貝，我告訴你，這世間凡是好東西都是外來的。我說真的。全部都是。」

照片安全塞在襯衫口袋裡，保羅往桌子一靠，雙眼因大麻迷濛，開始說我已經知曉的事：「哎。我不是你知道的我。我的意思是……」嘶的一聲，他把大麻菸按到半杯水裡。我的葡萄乾麥片一口沒動，在紅陶碗裡噗響。說話時，他眼神朝下，莫名停頓打亂節奏，有時幾近呢喃，像老人天明時清槍的自言自語：「我不是你媽說的那樣。」我讓他咀嚼自己的話語，我讓他傾吐。沒阻止。當你九歲了，就懂得不該打斷別人。

厄爾．伍茲最後一次派駐越南，一晚受困敵軍砲火。他所駐紮的火力支援基地快被人數眾多的北越與越共小分隊攻破。多數美國大兵已經撤退。伍茲並非孤獨一人，一起跟他蹲坐兩輛吉普車的是王延房中校。伍茲形容王延房為勇猛的飛行員與指揮官，事無鉅細難逃法眼。他也是伍茲的好友。當敵人包圍這個被棄的基地，王延房向伍茲保證他們一定可以熬過去。

接下來四小時，兩位好友坐在吉普車上，橄欖綠制服因汗水轉黑。伍茲抓緊M－七九榴彈發射器，王延房抓著吉普車的槍關槍炮塔。就這樣，他們活過那晚。之後，他們到王延房的基地營房飲酒說笑，聊棒球、爵士與哲學。

王延房是伍茲在越南時的知交。曾經性命相託的兩人有這種交情不奇怪，也可能

---

13 石牆傑克森（Stonewall Jackson, 1824-1863），美國內戰著名將領。

「非我族類」的背景讓他們親近。伍茲是黑人與原住民血統，成長於種族隔離的美國南方，王延房背棄半數同胞，效力於核心指揮權操之於美國將領的軍隊。無論基於哪種理由，伍茲離開越南前，他們相約直升機、轟炸機、燒夷彈都撤了後必再相見。誰也沒想到這是永別。

王延房是高階軍官，西貢淪陷三十九天後，被北越當局逮捕，送去再教育營，遭刑求、飢餒、苦役。

一年後，年僅四十七的王延房死於拘留。十年後，他的後人才找到他的埋骨處，運回家鄉重新下葬，墓碑僅書王延房（Vuong Dang Phong）。

但是對厄爾・伍茲來說，他的朋友叫「房老虎」，或者就是「老虎」，那是伍茲給他的綽號，標榜他在戰場上的勇猛。

一九七五年十二月三十日，「房老虎」死前一年，遠離他的牢房、在地球另一頭的加州賽普里斯，厄爾・伍茲正在輕搖臂彎的新生兒。這男孩已經取名艾德瑞克，但是看著襁褓兒的眼睛，伍茲知道必須依好友命名「老虎」。他後來受訪時說：「總有一天，我的老友在電視看到他……會說，這一定是伍茲的孩子。我們就會重逢。」

「房老虎」死於心臟衰竭，可能肇因營養不良與苦勞。但是一九七五到一九七六年間，有那麼短短的八個月，厄爾・伍茲生命裡最重要的兩隻老虎曾並存於世間，一個處於殘酷生命史的脆弱尾聲，一個正開始自己的傳奇。「老虎」這個名字與厄爾都是傳奇的橋梁。

當厄爾終於獲知「房老虎」死訊，老虎・伍茲已經得到第一個名人賽冠軍。厄爾說：「兒啊，真是心痛，戰爭的感覺再度浮上我的心頭。」

我還記得妳第一次上教堂。朱尼爾的老爸是淡膚多明尼加人，老媽是黑膚古巴人，他們在展望街的浸信會教堂做禮拜。在那兒，沒有人會質疑他們的 r 音捲舌否，或者他們究竟來自哪裡。我已經跟雷米瑞茲家上過幾次教堂，多數是我週末在他們家過夜，第二天穿上朱尼爾的好衣服一起去做禮拜。那天，荻翁邀請妳，妳便去了。出於禮貌，也因為教堂發放超市捐贈的快過期食品。

妳我是教堂裡唯二的黃臉孔。但是當荻翁與米蓋爾介紹我們，他們都回以熱情微笑，一直說：「歡迎來到天父的家。」我記得當時狐疑這麼多人都是同爸爸，全都有關係？[14]

我傾心那位牧師的聲音、力道與氣韻。他針對諾亞方舟的演講充滿抑揚頓挫、修辭

14 此處天父的英文為 my father，等於我的父親。

性問題會輔以長時間沉默，以強調故事效果，極具感染力。我喜歡他的手部動作，流暢，好像他的話必須從身體甩出，才能傳達給我們。對我來說，他近乎一種神奇的新化身，我只曾在蘭的故事裡窺知一二。

但是那天，是一首歌讓我對世界有了新看法，也就是說，我對妳有了不同看法。當風琴與鋼琴奏出〈祂既看顧麻雀〉（*His Eyes Is on the Sparrow*）第一個渾厚和弦，全體信眾起身搖擺，雙手揮舞，有的原地轉圈。數百雙靴子與鞋跟敲擊木頭地板。在外套衣襬與圍巾的模糊旋轉中，妳緊握我的手腕，指甲泛白，掐入我的皮膚。妳面朝天花板，雙眼緊閉，對上方的壁畫天使說話。

一開始，陣陣擊掌與吶喊聲中，我聽不見妳說什麼。渾厚的風琴與小喇叭聲從管樂手席轟然奔向會眾的條凳，我的眼前就像顏色與動作組合的萬花筒。我掙脫妳的手。靠近妳。才聽到妳被歌聲淹沒的話語——妳在跟妳的父親說話。妳的親生父親。妳兩頰垂淚，幾近吶喊：「你在哪裡，爸？」妳雙腳不停轉換重心，用越語勒令：「你在啥鬼地方？來接我啊！接我離開這裡啊！你回來接我。」這可能是越語首度出現在這個教堂。但是無人質疑瞪視妳。看到這個白中帶黃的女人口吐母語，也沒人出現吃驚而後明白的神情。條凳上的信眾不是在吶喊，就是同樣激動、狂喜、憤怒與激昂。就是在那兒，在那首曲子裡，妳獲得解放，不被指責。

我看著佈道臺旁大小如學步兒的泥塑基督，伴隨眾人跺腳，祂的肌膚似乎也在悸動。祂以疲憊迷茫的眼神看著固化的腳趾，好像剛從大眠初醒，卻發現自己被血淋淋釘在這個世間，永遠。我研究祂許久，轉頭看妳的白球鞋，還以為會看到一灘血。

數天後，我聽到廚房傳來〈祂既看顧麻雀〉。妳坐在桌旁拿橡膠假手練習美甲。荻翁給了妳一卷福音歌曲卡帶，妳邊工作邊哼唱。那些脫離實體的手，指甲鮮豔如糖果，佇列於廚房流理臺上，手掌攤開，就像教堂裡的那些手。不同處在雷米瑞茲的教友手掌較黑，妳擺在廚房的手掌是粉色與肉色，出廠只有這兩款。

一九六四年：美國空軍參謀長李梅將軍（Curtis LeMay）大轟炸北越前說，他打算把越南「炸回石器時代」。摧毀一個人就是把他炸回過去。美軍對這個約莫加州大小的國家共投了一萬噸炸藥，超過二次大戰的投彈量。

一九九七年：老虎．伍茲贏得名人賽，這是他職業生涯第一個重要比賽的冠軍。

一九九八年：越南開放第一個職業高爾夫球場，設在被美國空軍轟炸過的稻田，其中一洞以砲坑填補而成。

保羅結束他的故事。我想告訴他，他那個不是親生女兒的女兒是鵝貢的半白人，這代表當地孩子叫她鬼女孩，叫蘭叛國者、妓女，因為她跟敵人睡覺。他的「女兒」捧著成籃的香蕉與青瓜從市場回家途中，如何被孩子們剪掉紅褐色頭髮，到家時，只剩額頭幾撮。當她沒了頭髮，孩子們又是如何拿牛糞扔她的臉與肩頭，想讓她變回棕色，好像白膚是可以逆轉的錯誤。我現在明白了，或許因為如此，妳在乎電視上的老虎．伍茲被稱為什麼，因為妳需要膚色是確定且不可侵犯的。

保羅兩頰一縮，看起來像魚，猛吸第二根大麻，打算幹掉它。他說：「或許你不該再叫我外公了。這稱謂有點奇怪了，是吧？」

我想了一下。微風從逐漸昏暗的窗戶吹入，牆上的尤利西斯．格蘭特[15]畫像抖動。

過一會兒，我說：「不。我沒有其他祖父。我想繼續叫你外公。」

他點頭，接受，蒼白的額頭與頭髮染上點點夜光，說：「當然。當然。」菸屁股嘶一聲扔進水杯，一縷輕煙上旋，好像鬼魅青筋爬上手臂。我瞪著眼前那碗麥片，整個糊成棕色一團。

媽，我有好多話要告訴妳。我一度蠢信知識必致清明。但是，某些東西隔著層層句法與語義，蓋在時光歲月下，是如此朦朧，你忘了它的名，搶救後又拋棄，到頭來只清楚知道傷痕存在，不代表你能揭露它的所在。

我不知道自己在說什麼。我是想說，有時我們不知道自己是誰，究竟為何物？有時我覺得自己是人，有時我覺得自己更像是聲音。碰觸這個世界的不是我，而是回音，來自「所謂的我」。妳聽見我了嗎？妳讀懂我了嗎？

當我剛開始寫作，我恨自己如此無法掌握意象、子句、概念，甚至不確定自己要用什麼筆，哪種日記本。我寫的一切都以「可能」、「或許」開場，以「我想可能如此」、「我想應該是這樣」結束。對我而言，事事都是問號，即便如骨肉一般真實存在的事情，我也擔心它會消融，即便我留下書寫，它也不再是真實。我這是在拆解妳和我，好讓我拎著妳前往他處——去哪裡，我不確定。就像我不知道該怎麼叫妳——白人，亞洲人，孤兒，美國人，母親？

有時，你只許有兩個選擇。我記得做研究時，讀到一八八四年《埃爾帕索日報》報導，一位白人鐵路工人殺害無名華工被起訴，結果駁回。法官羅伊・比恩（Roy Bean）援引德州法律說，德州雖禁止殺人，但是人的定義僅限白人、非洲裔美國人與墨西哥人。這個無名的黃膚屍體不構成人，因為文件上沒有他的欄位。有時，你尚未有機會表述自己就被抹殺。

---

15 尤利西斯・格蘭特（Ulysses Grant, 1882-1885），美國第十八任總統。

活好，還是不活好？這是個問題。（to be or not to be, this is the question）

小時在越南，鄰居孩子會拿湯匙挖妳手臂，大叫：「刮掉白色，刮掉她的白色！」最後，妳學會游泳。涉入泥河深處，沒人能碰妳，沒人能把妳從世間刮除。數個小時裡，妳是孤島。回家時，妳的牙齒冷得打顫，手脫皮起水泡——依然是白色。

有人問老虎・伍茲如何界定自己的根。他說他是「卡賓利西亞人」（Cablinasian），那是他發明的混成詞，用以涵蓋他血統裡的華人、泰國、黑人、荷蘭與北美原住民成分。

活好，還是不活好。這的確是個問題，卻不是選擇！

保羅托腮看窗，窗外，一隻蜂鳥盤旋塑膠餵食器，他說：「我記得有一次到哈特福拜訪你們，好像是你們剛從越南到美國一年還是兩年後，我走進公寓，發現你躲在桌下哭。沒人在家，可能你媽在，在浴室或者哪裡吧。」他停了一會兒，讓回憶湧上，說：「我彎腰問你怎麼啦？你知道你說什麼？」他微笑：「你說其他小孩活得比你多。大哭大鬧啊。」他搖搖頭：「說出那樣的話！我永遠不會忘記。」保羅臼齒的金牙套在光線下一閃，說：「你不斷大叫：他們活得比較多！他們活得比較多！你怎麼會有這種想法？才五歲呢，天！」

窗外，蜂鳥的呼呼旋轉聲幾乎像人的呼吸。鳥喙戳進餵食器底部的一窪糖水。現在想想，這種生活真辛苦，不斷快速舞翅才能停留於一點。

之後，我們出去散步。保羅的棕色斑點獵犬鏘鏘走在我們中間。夕陽剛落沒多久，空氣芳甜，精心修剪的草坪旁佇立山玫瑰與花期快過的丁香花，白色、洋紅色花蕊如泡沫滿溢。我們轉向最後一個轉角，一個相貌平凡、金色頭髮綁馬尾的中年女性走過來，看著保羅說：「啊，你終於找了一個遛狗男孩，很好，保羅。」

保羅停步，把眼鏡朝上推，只是又滑到鼻尖。那女士轉身，一字一字清晰跟我說：「歡。迎。來。到。此。處。」她的腦袋隨著每個音節點動。

我緊抓狗鏈，退後一步，露出微笑。

保羅手勢詭異，好像要揮開蜘蛛網，說：「不是的。」他讓話語停留於我們的空氣中，直到它們像器物一樣堅實，然後他點點頭，我無法分辨他是對那位女士，還是對自己點頭。他重複說：「不是的。這是我孫子。」

那女士毫不遲疑露出笑容。誇大的笑容。

「請記住。」

女士笑了，揮揮手，狀似保羅小題大做，然後向我伸手致意。現在我這個身體屬實了。

我讓她握我的手。

「我是卡蘿，歡迎來到此處。說真的。」然後她走了。

我們往回走。沒說話。成排白屋後面，雲杉不動佇立，排排對映紅霞天空。獵犬爪抓水泥地，拖著我們回家，狗鏈鏘噹響。我的耳裡只有保羅的聲音：我的孫子。這是我的孫子。

我被兩個女人拖入一個比周遭夜色更黑的洞。其中一個女人尖叫，我才知道我是誰。我看到她們的腦袋，以及睡地板壓扁的髮型。當她們在模糊的車內擠來擠去，我聞到刺鼻的化學瘋癲味道。睡眼朦朧中，我分辨出：一個汽車頭枕，一個懸掛在後視鏡、大小如手指的氈布猴，金屬後視鏡閃了一下，然後沒入黑暗。車子駛出車道，從車內的丙酮與指甲油味道，我知道那是妳曝曬過度又掉漆的豐田。妳跟蘭在前座，不知道為了什麼事吵鬧。街道飛過，街燈狠狠打在妳的臉上。

妳喘氣說：「媽，他會殺了她，這一次一定會。」

蘭鎖在自己的腦袋裡，火熱執著：「我們搭哦，我們搭直升機哦快快飛。」她雙手抓住遮陽板問：「我們要飛去那兒？」從她的聲音，我可以察覺她在笑，至少齜牙裂嘴。妳聽起來像是快要滅頂河中：「媽，他要殺死姊姊。我知道卡爾這個人，他這次是認真的。妳聽到沒？媽！」

蘭抓著遮陽板左右搖晃，發出咻咻聲：「我們要逃出這裡，對吧？我們要遠走高飛囉，小狗！」窗外，夜在旋轉，像重力偏斜。儀表板上的綠光顯示：3:04。誰遮住我的臉？每個轉彎，輪胎吱響。街上空蕩，自成宇宙，所有東西都被宇宙暗黑力量拋轉，而前座那兩個養大我的女人瘋了。我從指縫觀看，夜，黑如建築包裝紙。只有我前面那兩顆毛茸茸腦袋是清晰的，擺動著。

妳開始自言自語：「梅，妳別擔心，我來了，我們來了。」妳的臉快貼近擋風玻璃，話語形成圓霧圈，隨著每個字朝外平均擴散。

過了一會，我們急速駛進停滿林肯Continental轎車的街道。車子慢爬，停在灰色護牆板的連棟屋前，妳拉上手煞車，說：「梅，他要殺死梅了。」

全程左右晃頭的蘭，聽到這話，似乎腦袋裡某個小按鈕被啟動，說：「什麼？誰殺誰？這次是誰要死了？」

妳說：「你們兩個給我待車上！」解開安全帶，跳出去，拖著腳走向那房子，車門沒關。

蘭說過趙嫗（Lady Triệu）的故事，神話中的女戰士，帶領男兵擊退進攻古越南的中國。我看到妳想到她。想到根據神話，趙嫗身配兩劍，三呎長的乳房甩在肩後，砍殺數十個侵略者。這個女人救了我們。

蘭轉過身問：「誰要死了？」頂燈照著她的臉嚴峻，因得知新狀況而波動不安。她用力前後揮手，好像打開緊鎖的腦袋，裡面空無一物。問：「誰要死了，小狗？有人要殺你嗎？為什麼？」

我沒在聽。我搖下車窗，十一月冷風灌進車內，每次轉動手把都一陣刺。我看到妳跨上門階，手中九吋長彎刀閃亮，不禁胃部一緊。妳敲門，大叫：「卡爾，給我出來，」妳用越語大喊：「出來，你這個混蛋。我要把她帶走，不讓她回來。車子給你，你把我姊給我。」講到姊，妳的聲音破碎成短暫的啜泣，隨即恢復平靜。妳用彎刀木柄猛敲門。

前廊燈亮，螢光瞬即將妳的粉紅睡衣染成綠色。門打開。

妳退後一步。

一個男人現身，衝向妳，妳朝後退下階梯，彎刀緊握在側，好像被釘住。

蘭已經完全清醒，在車內低聲叫道：「他有槍。玫瑰！那是霰彈槍！一次兩個彈頭，會撕裂妳的肺。小狗，你跟她說呀。」

妳飛快用手護住腦袋，彎刀哐一聲落地。那男人十分巨大，灰色洋基套衫下肩膀垂垮，邁步向前，咬牙說了幾個字，把彎刀踢到一旁。它閃了一下，沒於草地。妳喃喃說了什麼，縮著身體，手捧下巴，那是妳在美甲坊收到小費後的姿態。妳朝後退，男人放低槍，對著我們的車子搖頭。

蘭兩手摀嘴說：「玫瑰，不值得啦，妳幹不過槍的。沒辦法。回來，回來直升機裡。」

我聽到自己聲音破裂，說：「媽，媽，快點。」

妳慢慢退回駕駛座，回頭看我，狀似要吐。沉默許久。我以為妳要笑了，誰知妳兩眼浮起淚水。我隨即轉頭面對那個始終在仔細打量我們的男人，他手放屁股，槍夾腋下，對準地面，保護家園。

當妳開始說話，聲音小到似乎被抹掉，我只聽到部分。那不是梅的家。妳撥動車鑰匙說，梅不住這裡了，那個經常打她，把她推向牆壁的男友卡爾也不住這裡了。禿頭拿槍的白人是另一個人。妳跟蘭說，誤會。意外。

蘭突然溫柔地說：「梅不住這裡五年多了，玫瑰……」雖然看不見，我猜想她正把妳的頭髮撥到耳後：「梅搬到佛羅里達了，記得嗎？她自己開美容店。」蘭很鎮定，肩膀放鬆，另一個人進駐她的身體，搬動她的四肢與嘴唇：「我們回家，妳需要睡眠，玫瑰。」

引擎發動，車子迴轉。當我們離開，一個年紀跟我差不多的男孩，站在前廊拿玩具槍比著我。槍口一抖，他嘴裡發出轟聲。他的父親轉身吼他。他又射了一次、兩次。從「直升機」的窗口，我看著他，死盯。像妳一樣，媽，我也拒絕死去。

第二部

妳曾對我說，回憶是種選擇。當時妳背對我，說話姿態有如神祇。如果妳真是神，妳就會看到他們。妳會從這叢松樹往下看，眼光穿透樹梢明亮舒展、微微溼潤、在晚秋依然茂盛的針葉。妳的神般眼光會穿透樹枝，看到鏽色光線因荊棘而分叉，目睹針葉紛紛掉落。妳的眼光會追隨旋轉針葉飄過低矮樹枝，來到沁涼的林中地面，落在並肩而躺的兩個男孩，他們臉上的血跡已乾。

雖然兩人鮮血染面，血，卻是屬於那個高個子男孩，他的眼睛深灰，像是人影下的河流。十一月寒氣滲入他們的牛仔褲與針織薄套頭衫，如果妳是神，就會注意他們正在看妳，鼓掌唱〈我的這道微光〉（*This Little Light of Mine*），今天下午，高個子的汽車音響播放的就是這首，羅夫・史坦利版本。高個子男孩說，那是他老頭最愛的歌。現在隨著音符，他們的腦袋搖擺，白牙閃亮，乾掉的血從下巴掉落，白色頸部斑斑點點，歌聲化成團團霧氣噴出：「我的這道微光，我要讓它閃亮，我的這道微光，我要讓它閃亮……我要讓它閃亮。」他們的四肢動作掀起微風，捲動針葉在身旁飛濺旋轉。因為唱歌，高個子男孩眼睛下的傷口再度綻開，紅黑色血漬滑至左耳下，在脖子轉彎，而後消失於地面。矮小男孩瞄瞄夥伴，看到對方眼睛如燈泡恐怖燦爛，努力不讓它烙印記憶。

如果妳是神，就會叫他們停止鼓掌。妳會說空空的雙手最大用處就是牢牢緊握。

但，妳不是神。

妳只是個女人。一個母親。當妳的兒子躺在松樹下，妳再度在城市另一頭的廚房孤坐等待，平底鍋的蔥炒扁麵已經重熱三次。妳瞧窗外望，呼吸在窗戶形成白霧，等待兒子的橘紅色紐約尼克隊套衫閃過，這麼晚了，他一定用跑的。

但是妳的孩子仍待在松樹下，躺在妳永遠不會見面的那個男孩旁。他們僅離封閉的高架橋數碼遠，塑膠袋飛撲鐵鍊，鐵鍊下是數百個空迷你酒瓶。男孩開始發抖，鼓掌變慢，幾不可聞。他們的上方，風勢加緊，淹沒他們的聲音，針葉如碎裂的時鐘指針喳喳落下。

有時妳的兒子半夜醒來，深信一顆子彈卡在體內，漂浮在他的右邊胸膛，就在肋骨間。男孩想，這子彈始終都在，比他的存在還古老，他的骨頭、韌帶、血管只是裹住這個金屬碎片，將其封鎖體內。男孩想，在母親子宮裡的不是我，而是這顆子彈，我只是圍繞著這個種子勃發。即便現在，冷氣滲入周圍，他依然覺得子彈在胸膛內戳啊戳，微微撐起他的套衫。他伸手觸摸凸起，照例，找不到。他想，子彈退縮了，它想待在我的體內。少了我，它什麼也不是。子彈少了身體，就像有歌無耳。

城市另一頭，妳看著窗子，想著要不要再熱一次扁麵。妳把撕碎的餐巾紙掃到掌心，起身丟掉。妳坐回椅子，等待。就是這扇窗子，妳的兒子某晚曾在進門前駐足，看著妳的臉朝窗外張望他的身影，方形燈光打在他的身上。夜色將窗玻璃變成鏡子，妳看不見他，只瞧見自己的臉因靜止而呈現蹂躪痕跡，眉毛與兩頰線條橫陳。男孩看著母親凝視空無，他，不被看見，整個人沉入母親鬼影般的橢圓臉蛋。

歌早就唱完了，寒氣如鞘滲入他們的神經。衣服下，他們起雞皮疙瘩，纖細透明的汗毛豎起，而後在衣衫纖維下彎曲。

妳的兒子說：「嗨，崔佛，告訴我一個祕密。」朋友的血跡還濺在他的臉龐，乾了，緊黏。風兒。針葉。分秒。

「哪種祕密？」

「就是……呃，一般的就行，無須爆爛。」

「一般的。」無聲思索，穩定呼吸。天空是匆匆擦過的黑板，星兒是大片抹漬。「那你先說。」

城市另一頭的妳，手指不再敲擊美耐板。

「好，你準備好了嗎？」

「嗯。」

妳推開椅子，拿起鑰匙，走到屋外。

「我不再畏懼死亡。」

（停頓，之後，笑聲。）

寒氣如河水升至他們的喉部。

媽，妳曾說過回憶是選擇。如果妳是神，就知道回憶是洪水。

因為我是妳的兒子，我對工作的了解就是對耗損的了解，來自妳的雙手。我從未看過它們的原有豐潤模樣，在我出生之前，它們已長滿老繭與水泡，之後三十年的工廠與美甲生涯讓它們更形惡化。妳的手非常醜惡——我恨讓它們變成如此的一切。我恨它們代表了夢想的破碎與懲罰。我恨妳每晚下班就頹倒沙發，立刻睡著，等我端水回來，妳已打鼾，膝頭雙手像魚兒刮了一半鱗。

我所知道的美甲店不僅是工作場所，不僅是美容坊，也是我們這些小孩長大之處。好幾個呢，包括維克多表哥，仍在發育的肺經年吸收有毒氣體罹患了氣喘。美甲坊也是廚房，女人蹲坐後面房間的地板，電爐上大鍋河粉噗噗沸騰，蒸汽四溢擁擠房間，丁香、肉桂、薑、薄荷與小荳蔻香味飄散，混合了甲醛、甲苯、丙酮、漂白水與派素清潔劑氣味。那是大家講故國民間傳說、傳播謠言、吹大氣、說笑話的所在，笑聲爆發在這個不比富貴人家衣櫥大多少的房間，隨即轉為誰也不敢碰的詭異靜默。這是供我們這些剛下船、剛下飛機、剛爬出深淵的菜鳥新移民學習的臨時課堂，我們希望美甲坊只是短暫落腳處，直到我們站穩腳跟，或者更精確地說，直到我們的下顎能輕軟發出英文音節。在那之前，我們趴在美甲檯完成「第二語言英文課」的作業，那可要耗掉妳四分之一的薪水。

我們可能說，我不會待太久，我會找到一份真正的工作。但更多時候，我們在數個月甚至僅僅數星期後便頭低低，夾著紙袋包著的美甲用具，回到這裡，求老闆重新收留。老闆出於同情，出於理解，或者兩者兼具，會朝空檯點點頭，叫妳過去。永遠都有空檯。因為大家待不久，永遠有人剛辭職。因為這份工作沒有底薪、健保、合約，只能以自己的身體賺別人身體的錢。一無所有，這就是我們的合約，我們的存在證明。我們一幹就是數十年，直到我們吸氣就肺腫，肝臟因化學物而硬化，關節脆弱，關節炎辣痛。這些綁在一起就是生活。一個新移民不到兩年，就能明白美甲坊到頭來只是美夢化成冷硬知識的所在——不管有沒有美國公民身分，你都會以一身美國骨頭醒來：痛，毒，低薪剝削。

我恨，我也愛妳那雙被摧殘的手，以及它們代表的一切未能企及之事。

我十歲。星期天。妳拉開店門，前一日修指甲遺留的丙酮味道襲來，刺激我的鼻腔。跟往常一樣，我們的鼻子隨即適應。美甲坊不是妳的，妳只是負責在一週裡生意最清淡的星期天開門照料生意。妳打開燈，插上自動洗腳機的插頭，座椅下水管咕咕。我去茶水間泡即溶咖啡。

妳沒抬頭，叫了我的名字，我就知道該過去開門鎖，把「營業中」的牌子轉過來面街。

就在這時，我看到她。大約七十歲，風吹白髮遮過狹窄的臉，藍色雙眼深如礦，她的眼神像是走過頭還是繼續走的模樣。她瞄瞄我們的店，雙手緊握酒紅色鱷魚皮包。我開門，她踏進來，微跛。風兒將她的橄欖色圍巾吹落脖子，垮在肩頭，拖到地板。妳站起身微笑：「有什麼能幫到您的？」妳說的是英語。

她說：「修腳趾甲，拜託。」聲音薄細如靜電切過。我幫她脫外套掛起來，領她前往修腳趾甲的椅子，妳打開泡腳機，把鹽與溶劑倒進泡沫裡，按摩水柱波波，化學合成的薰衣草味充斥房間。我扶著她的手協助她落座。她身上有汗水乾掉又混合藥妝店香水的甜膩味。她彎身坐進椅子，手腕在我掌中搏動。她看起來似乎比外表更脆弱。一旦背靠皮椅背，她轉身對我說話，雖然被按摩水柱聲蓋住，看唇型，我知道她說：「謝謝你。」

水柱震完，水夠溫了，已是一汪翡翠綠與白泡的肥皂水，妳請她把腳放入缸內。

她不動。眼睛緊閉。

妳說：「女士？」平日此時，美甲坊人聲沸騰，電視播放歐普拉或新聞，現在一片寂靜。只有頂燈嗡嗚。過一會兒，她張眼，藍色眼眸一圈粉紅，溼潤，她彎腰弄右褲管。我往後退了一步。妳的板凳在重量移動下吱嘎一聲。妳瞪著她的手指。當她拉起褲管，手上的蒼白血管抖動。那腿閃亮好似剛剛出窯，她彎腰，抓住腳踝，一扭，從膝蓋把小腿整個扯下來。

義肢。

她的小腿肚半截處一個棕色椿狀物突出，平滑、渾圓如圓體花飾的尾端——那是截肢所餘部分。我瞧瞧妳，期盼得到答案。妳毫無停頓，拿出指甲銼，開始刷銼她的另一隻腳，因為妳的動作，那個類似樹瘤的東西也開始晃動。那女士把義肢放到旁邊，摟著小腿往後靠，低喊：「謝謝。」她對著妳的頭頂又大聲說了一次。

我坐在地毯，等妳呼喚我去蒸汽箱拿毛巾。美甲的過程，那女士眼睛半閉，腦袋左右晃，妳按摩小腿肚，她發出鬆弛的呻吟。

當妳結束，轉頭要我拿毛巾時，女士彎身，指指她懸空於水缸上、至今仍乾的殘肢。她先用手臂遮咳嗽，接著說：「如果妳不介意的話，也幫我這隻腳做做。希望這要求不會太過分。」她停頓，望著窗外，然後低頭看自己的腿。

妳還是沒說話，只微微側身（幾乎無法察覺）面對她的右腿，細心撫摸整條殘肢，撈起一點溫水澆，細細的水流穿梭滑下棕色皮膚，水聲滴答。就在妳沖掉肥皂泡時，她以溫柔到幾近乞求的口吻說，妳能否往下做。她說：「如果是相同價錢的話。我知道這很傻，但是我真的感覺它還在。真的。我能感覺。」

妳停頓，眼神一閃。

然後，妳的魚尾紋只是微微變深，妳的手指在她原本的小腿形成圓，輕輕揉，彷彿它健全存在。往下做到隱形的足部，按摩皮包骨的腳面，再用另一隻手握住她的腳跟，捏捏阿基里斯腱，鬆弛她腳底的僵硬筋絡。

然後妳再度轉身示意，我跑去蒸汽箱拿毛巾。妳不說話，將毛巾覆蓋她的「幻肢」，拍擊毛巾下的空氣，妳的肌肉記憶指揮妳有效率地做出熟悉動作，揭露根本不存的地方究竟存有何物，就像指揮的動作讓樂曲顯得更真實。

腳擦乾了，女士綁上義肢，放下褲管，爬下座椅。我幫她拿外套，協助穿上。妳移步收銀機，她阻止妳，將折起的百元鈔票放進妳手裡。

她眼睛低垂說：「上帝保佑妳。」然後一拐一拐出去，店門關上，傳來兩聲鈴鐺響。妳站在那裡，眼神空茫。

潮溼的手指讓紙鈔上的法蘭克林肖像變黑，妳將鈔票塞進胸罩而非收銀機，然後綁上馬尾。

那晚，妳趴在硬木地板上，臉靠著枕頭，要我替妳的背刮痧。我跪在妳身旁，把妳的黑色T恤拉高，解開胸罩。這是我做過千百次的動作，雙手自動運作。當鬆緊帶解開，妳將胸罩從身體下抽出，扔到一旁。一日工作下來，胸罩溼透，落在地板，發出護膝的悶聲。

妳的皮膚飄散美甲坊的化學物味道。我從口袋撈出兩毛五的銅板，浸入維克氏薄荷膏裡。明暢的尤加利樹芳香充斥空氣，妳開始放鬆。我把銅板浸得更深，讓它滿覆油膏，然後挖出拇指大小的油膏抹到妳的背上，順脊椎而下。當妳的肌膚發亮，我將銅板從妳的頸部拉到肩胛骨。照妳教我的，持續堅定刮了又刮，直到白色肌膚浮現玫瑰紅痕，再變深為紫羅蘭色顆粒，橫跨妳的背部，好像新生成的黑色肋骨，釋放出妳體內不好的氣。透過這樣的細膩瘀青工程，妳痊癒了。

我再度想到羅蘭・巴特，他在母親過世後寫：何謂作者，就是握玩母親身體的人，透過此，方能彰顯它，修飾它。

我真希望這是真的。

就算我在句子裡描述我的手放在妳永遠雪白不變的肌膚上，顯得多麼黝黑，我的眼前又是如何浮現刮痧時妳的腰臀褶痕，脊椎旁的小小骨頭多像沉默也無法轉譯的連串刪節號，以及過了這麼多年，妳我的肌膚對比依然令我吃驚，但是屬於妳的各種肉體現實依舊頑抗我將它們形諸紙上。我的筆滑過空白的紙，試圖讓筆下自呈生命，而非重重阻礙。但是書寫就是阻礙。書寫過程裡，我保存了妳，卻也同時改變並潤飾了妳。

我按壓妳的肩膀，打通那些頑固的氣結，妳埋臉枕頭呻吟說：「真的好舒服，好舒服。」一會兒後，妳呼吸變重，均勻，雙臂鬆弛，睡著了。

十四歲那年夏天，我找到第一份工作，在哈特福郊區菸草園工作。多數人不知道這麼北邊還有菸草，事實是只要靠近水，菸草就能拔高成小軍隊。儘管如此，看到此地有菸草業，還是很奇怪。最早是在麻州阿格瓦姆栽培闊葉菸草，白人屯墾者驅逐印地安人後，廣泛種植，成為經濟作物。現在多數由非法移工採收。

我知道妳不會允許我以腳踏車代步，到八哩半的鄉間上工，所以我說在緊鄰城邊的教堂做園藝。根據它們貼在本地YMCA的廣告，這份菸草工時薪九元，比最低工資高大約兩元。又因為我未達法定就業年齡，這錢是以現金給付，不必報稅。

那是二〇〇三年夏天，布希已經對伊拉克宣戰，理由是始終沒找到的大規模毀滅性武器。各大電臺都在放送黑眼豆豆的〈愛在哪裡〉（*Where Is the Love?*），**特別**是PWR九八點六，開窗睡覺能聽到巷弄裡每輛車都傳出這首歌，它的節拍呼應了對街籃球場的啤酒瓶碎裂聲。許多快克癮君子喜歡把空酒瓶扔高，只為看街燈照耀破碎物品的神奇閃亮，第二天上午，人行道上都是閃亮碎玻璃。那年夏天，老虎伍茲連續五年拿下

ＰＧＡ年度最佳球員，馬林魚隊爆冷挫敗洋基隊（我不懂也不在乎），臉書還要兩年才誕生，iPhone還要四年，賈伯斯還活著，妳的噩夢逐漸嚴重。有時我深夜醒來，天知道幾點，看見妳近乎赤裸，渾身大汗，在廚房桌邊數著小費，妳要買一個「祕密地堡」，以防恐怖分子攻擊哈特福。那年，「先鋒十號」太空船在航行七十六億哩後，最後一次對美國太空總署發送信號，之後，失去音訊。

一週五天，我六點即起，足足騎車一小時，穿過康乃狄克河與草坪齊整到讓人想一頭撞死的郊區，進入破敗區，抵達農場。靠近農場時，兩邊景觀開展，電線因點點烏鴉棲息而沉重下垂，稀疏的白杏燦爛盛開，灌溉溝渠到了夏末至少有十來隻溺斃兔子，臭味在熱氣中蒸騰。青蔥菸草有的高及我的肩膀，大片綿延，使得農場邊緣的樹看起來像矮灌。菸草田中央是三棟沒上漆的巨大農倉，排成一排。

沿著泥路，我騎到第一棟農倉，牽車走進敞開的門。一旦適應裡面的陰涼，便看到一排男人靠牆坐，黝黑臉蛋在紙盤上移動，舔吃流汁荷包蛋，用西班牙語交談。一人看見我，揮手叫我過去，講了一串我聽不懂的話。我說我不會講西班牙語，他有點訝異，而後恍悟，一臉發光，指著我點頭說：「啊哈！中國佬。中國佬。」既然是我第一天上工，我決定不要糾正他，便翹起拇指微笑說：「是，中國佬。」

他說他叫曼寧，指一指桌子，上面有一個丁烷加熱器，放著一大盤蛋黃朝上的荷包蛋，旁邊還有一玻璃壺的室溫咖啡。我坐到那群男人間，沉默吃飯。不算我在內，大約有二十二名工人，多數是墨西哥與中美洲的非法移工，只有尼克是多明尼加人。還有來自柯爾切斯特的白人瑞克，二十來歲的瑞克據說是有案底的性侵犯，菸草工是他唯一找得到的穩定工作。多數季節工跟著不同作物的成熟時間踏遍鄉間。在這個農場，工人住在四輛拖車組成的營地，躲在農場邊的樹叢後，遠離公路。

屋椽是掛菸草晾乾的地方，現在是空的。到了九月底，每一個農倉大約會放兩噸菸草，甚至兩倍。我嘴嚼流汁荷包蛋，眼睛打量這棟建築。為了加速菸草風乾，農倉的側牆板每隔一個掀開，形成一條條肋骨般的裂口，讓空氣流通，此刻熱氣吹過我的脖子，帶來一股既甜又苦的菸草味與紅土鐵味。男人聞起來也有土地味。就算靴子尚未踏上田，就算清晨沖了涼，也洗不掉身上的鹽味及前日太陽烤乾的底味。不久後，這味道也會滲透我的每個毛孔。

一輛叢林綠的福特野馬駛進車道，男人集體起身，把盤子杯子扔進垃圾桶。戴上手套，有人水淋破布，塞到帽子下。

畢福先生走進來。白人，年約七十，高瘦，紅襪隊球帽拉低壓在飛行員款的太眼眼鏡上，露出大大笑容。雙手擱在臀部，他讓我想起《金甲部隊》（*Full Metal Jacket*）裡的瘋狂中士，因為太過惡劣，被手下的二等兵射爆了腦袋。不過畢福算和顏悅色的，甚至稱得上迷人，雖然有點刻意。他微笑，唇間金牙閃亮，說：「我們的聯合國今天如何啊？好嗎？」

我走近向他自我介紹。握手。他的手粗裂，令我吃驚。他拍拍我的肩膀說，我只要跟隨小組領頭曼寧的指示，一定沒問題。

男人們跟我排隊上了三輛皮卡，開到第一塊菸田，那兒的菸葉最高，沉重的頭開始歪垂。跟在我們後面的是兩輛拖曳機，準備擱放收成。抵達時，已經有一組十人在最前面五排菸葉前彎腰工作。他們是收割組。配備在晨光下閃閃發亮的彎刀，離我們一百碼遠，快速揮砍菸草莖。有時，我們如果速度快，可以趕上他們，刀刃聲越來越大，直到你可以聽見他們收割時的肺部運作，看見菸草莖拋過他們彎曲的背脊，形成亮麗的綠波墜下，聽見彎刀切斷莖膜的水聲，汁液染黑大地。

我被編在「茅組」，這組的工人個頭較矮小。我們的工作是撿起落在地面、已被太陽曬得葉子縮捲的收成。三人一組，兩個撿菸葉，一個穿刺菸葉。穿刺者站在所謂的茅馬（附有茅棍的推車，茅尖是活動的）旁，把菸葉穿過茅，直到木棍堆滿。然後你拿下茅尖，撿葉者會把木棍送到停在一旁的拖曳機，讓上面的人堆放。穿刺者從套筒拿出另一支木棍，套上茅尖，繼續穿刺菸葉直到滿。

拖曳機裝滿菸葉，便駛回農倉，裡面十數個男人（通常是最高的），會遞傳木棍給前面的人掛在椽上風乾。菸田農倉是最危險的工作場所，因為椽高四十呎，很可能摔下來。故事口耳相傳，某處農場有人懸掛菸葉時哼歌、聊天氣、抱怨家裡的女人，或者莫德斯托的汽油價格，就摔了下來。眾人突然靜默，身體落地的砰聲縈繞耳邊不去，聲音來處只剩菸葉飄飄。

第一天我很笨，拒絕了曼寧提供的手套，因為太大，直套到手肘。到了下午五點，我的雙手已經黏滿汁液、泥土、小碎石與刺，烏黑，看起來像燒焦的炒飯鍋底。我們連續數小時裸露上身工作，烏鴉在菸田煙塵裡翻飛，影子劃過地面，好像物體從空中墜落。長耳大野兔在一排排菸草間探頭，偶爾，彎刀會砍到一隻，即便刀刃哐響，你還是聽得見生命離開我們腳下地球的尖叫。

但是這工作神奇縫合我的內在傷口。它是連串不可斷裂的環節與合作，每株菸葉從割到撿、抬，從一個容器到另一個容器，所有動作如此即時且和諧，以致這菸葉不會再度落地。這工作需要許多溝通，我學會如何不用舌頭（在此無用），而是用微笑、手勢，甚至沉默與遲疑，來與他人對話。我用手指、手臂、泥地畫圖勾勒人、動詞、抽象想法與概念。

當我雙手合成一朵花模樣，總是汗水灰塵染白鬍髭的曼寧蹙眉，而後點頭，他明白了我的母親叫玫瑰。

美甲坊裡最常用的英文是抱歉。那是美容服務業的反覆句。無數次，我看到美甲師沒做錯事，也會低頭對顧客的手或腳說：「抱歉。抱歉。真是抱歉啊。」那顧客可能才七歲大。我看過妳跟妳的同事們在四十五分鐘的美甲過程裡，道歉十數次，希望產生某些溫暖吸力，達成最終目標——小費。拿不到，還是得說抱歉。

在美甲坊，抱歉是個乞討工具，直到「抱歉」二字等於貨幣。它不再僅是道歉，而是堅持，提醒對方：我在這兒，就在這兒，就在你的下面。這是放低自己的姿態，直到顧客覺得自己什麼都對、優越、慈善。在美甲坊，抱歉一詞已偏離成為另一個詞，用來進攻，重複使用，既是汙損自己，也是一種力量。抱歉有錢可賺，沒錯還要抱歉尤其是，出自那張嘴的每一個自我貶抑音節都值得。嘴巴得吃飯啊。

媽，這種現象不僅出現在美甲坊，菸田也是，我們會說：「羅先多」（Lo siento）[16]。曼寧只要穿過畢福先生的視線就會說「羅先多」。雷哥把彎刀掛回牆上，畢福先生坐在那兒，拿拍紙簿計數，雷哥會低聲說：「羅先多。」當蘭精神分裂發作，把所有衣服塞進烤箱，嘴裡喊著要消滅證據，我缺工一天，也跟老闆說「羅先多」。一天暮色已降，

16　西班牙文的「我抱歉」。

菸田才收了一半，拖曳機引擎爆了，靜靜佇立夜色，畢福先生坐在卡車裡呆望枯萎的收成，音響大聲播放漢克．威廉斯的歌曲，手掌大小的雷根總統照片貼在儀表板上。我們經過他身旁，也一一說「羅先多」。第二天起，我們開始工作前講的不是早安，而是「羅先多」。這詞彙的發音像是靴子踏下去，又從泥地拔出。我們「羅先多」又「羅先多」，滑泥溼潤我們的舌頭，讓我們在致歉聲中匍匐爬回去討口飯吃。就像我，一次又一次寫給妳，懊惱自己的舌頭。

我想到我身旁的那些男人，在一望無際的菸田裡流汗、說笑、唱歌。喬治只差一千元（大約兩個月的薪資）就能幫老媽在瓜達拉哈拉買棟房子。布蘭登打算把十六歲女兒露辛達送去墨西哥大學學牙醫，那是她的心願。曼寧只要再做一季，就可返回薩爾瓦多海邊村落，撫摸母親鎖骨上的傷痕，那兒原先有腫瘤，是曼寧在康乃狄克州砍菸草支付的手術費用。剩餘的儲蓄，他想買艘船，試試捕馬林魚的運氣。對這些男人來說，抱歉是通往餘裕的護照。

一天工作完畢，我的吊嘎沾滿灰塵與汗水，緊貼身上，像是沒穿衣裳。我牽著自行車走出農場，把手上的指頭黏乎破皮，跨上我的銀色荷夫牌飛馳向前，行過灰撲撲的街道，穿過原先有作物，現在一片空蕩的廣大田野，太陽低垂樹木線。我聽到他們在背後叫「中國佬，明天見」（¡Hasta mañana, Chinito!）、「再見，小伙子」（¡Adios, muchacho!），清晰各異如收音機頻道，我知道哪個聲音屬於誰。無須回頭張望，我也知道曼寧每天都一樣，正對我揮手，只剩三根半的手指映著最後陽光，黑色。

當我騎車走遠，我想跟他們說「抱歉」。第二天早上見面也說，天天說，這也是我現在要跟妳說的話。我真抱歉還要那麼久，他們才能見到所愛的人。我很抱歉他們未必能越過沙漠邊界，有些人將死於脫水、曝曬過度、毒品集團之手，或者被德州、亞利桑那州那些嗑藥的右翼民兵殺掉。我想說「羅先多」，但是我辦不到。因為我的抱歉已經變成另一種意義。成為我名字的一部分，一個不帶詐欺就無法出口的字眼。

這也是為什麼那個男孩走近我，我說的是「抱歉」。這男孩改變我對夏天的理解，讓我明白如果不是數著日子過日子，季節的景觀可以變得多深。我在他身上學知：世間有比工作更殘酷、更全然毀滅的東西，那就是欲求。那個八月在菸田裡，是他走進我的視線。那天已經快收工，我感覺有個工人走近，我不能打斷工作的節奏，並沒多想。大約撿了十分鐘的菸葉，我的神經末梢逐漸感受他的存在強度，我伸手拿起一根乾萎的菸草莖，他突然走到我面前。我抬頭，他比我高一個頭，戴軍用鋼盔，微微掀高，鋼盔下的臉孔骨架細緻，沾了一條條灰塵，像蘭的故事裡走出來的人物，進入我的年代，卻滿面笑容。

他站直身說：「崔佛，我叫崔佛。」後來我才知道他是畢福先生的孫子，跑來打工，躲避伏特加酒鬼老爸。因為我是妳的兒子，所以我回說「抱歉」。因為我是妳的兒子，抱歉兩字變成我的自我延伸。那是我的哈囉。

遇見崔佛的那天稍晚，我在農倉又看到他。薄暮為室內染上一層藍光。外面，工人爬上土墩回去林子旁的 Airstreams 露營車，腰間繫帶上的斧頭哐響。農倉內空氣涼爽，夾帶葉綠素氣味，來自懸梁高掛的新割菸葉，有的還在滴汁，濺得泥地點點小漩渦。

我摸索自行車的輻條，不知自己為何拖時間。崔佛坐在牆邊長凳，咕嚕牛飲氖黃色開特力。

他陷入沉思的表情很特別，雙眉緊蹙，眼睛瞇起，男孩氣面龐多了一絲強硬痛苦，好像目睹愛犬提早被安樂死。他嘴形圓、唇形翹，形成女性化的豐滿噘嘴，與沾染了灰塵與泥汗的輪廓線條恰成對比。我一邊弄煞車一邊自問，你是誰？

當時我感受的不是慾望，而是捲曲如彈簧的可能性，刺激，那感覺似乎自有引力，將我牢釘當場。我們在菸田曾短暫並肩工作，眼前菸草綠朦朧，他的手臂輕拂我的臂膀，他的眼睛徘徊我的身上，與我眼神相遇便迅速閃開。他看到了我——多數時間，我在人們眼中是隱形的。妳曾教導我維持低調隱形，以保安全。小學時，我被罰站角落十五分鐘，兩小時後才被發現，那時大家早放學了，哈定太太坐在桌前吃通心粉沙拉，瞄見我，大驚說：「天！我的天！我忘了你還在這兒！你怎麼還在？」

農倉光線逐漸暗去，崔佛跟我聊菸田的事，還有多少沒收，採收的菸草要製成雪茄，賣到非洲與東亞，那兒，抽菸還很盛行，美國貨還代表好貨。崔佛說，其實呢，這菸草是次貨，辣喉，苦。

「這批貨次等得很。」迴音飄上橫梁。我轉身看他。他比個割喉手勢說：「全是蟲蛀。我們有過兩年還是三年的好收成，之後就完了。」他默聲。我轉身弄腳踏車，還是能感覺他的眼睛。我超想他的凝視讓我定足這個只踏進一半的世界。

我把車鏈放上支軸，背後傳來吸吮開特力的聲音，水瓶放到長凳。一會兒後，他突然靜靜說：「我媽的超恨我老頭。」

在這之前，我沒想過白人男孩生命裡有啥可恨的。我想透過那股恨，徹徹底底認識他。如果有人正眼看你，你就該正面迎向他的恨，跨過它如跨橋，面對他的一切，進入它們。

我看著自己的手說：「我也恨我爸。」我的手靜無動作，沾滿黑色油漬。

當我轉身，崔佛對天花板微笑。他跳下長凳，走過來，頭盔壓低罩住眼睛，笑容隱匿成另一種東西。白T恤上的黑色愛迪達商標波動。那年我高一，崔佛已經高三。他的鬍髭在陽光下不顯，陰暗農倉裡，他一走近，薄薄鬍髭顏色變深，因汗水而變成暗色閃金。鬍髭之上，灰色虹膜點點棕與紅，因此望進他的雙眼，宛如看到自己背後的陰暗天空某物在燃燒，他是個永遠瞧見飛機在天際自行爆裂的男孩。這是相識第一天的感覺。雖然我知道自己的背後並無東西燃燒，還是轉身，瞧見夏日煙塵混合熱氣，蒸騰於犁平大地上。

男孩六歲。只穿了一條白色內褲，上面印滿超人。妳知道這個故事。他剛剛哭完，正進入努力壓抑下巴顫抖的階段。他涕泗滿鼻，唇舌有鹽，他在家裡。妳記得的，母親把他鎖在地下室，因為他又尿床了，胯下的四、五個超人溼黑。母親把他拖下床，拖下樓梯，他尖叫懇求：「媽，再給我一次機會。再給我一次機會。」那是大家都不去的地下室，溼土潮氣衝鼻，生鏽管線沾滿蜘蛛網。男孩雙腿尿水未乾，積在腳趾。他單足站立，踩在另一腳上，好像接觸地面越少，置身地下室就較少。他幻想：這是我的超能力，我能變出比周遭黑暗更黑的黑。他不哭了。

我們坐在田邊工具間的屋頂，夏日快結束，但熱氣依舊，襯衫像未蛻之皮黏在身上。蓄熱一整天的鐵皮屋頂隔著短褲仍燙。太陽縮小，我想在西部某些地方譬如俄亥俄州，它依然強大金黃，照在我永遠不會認識的男孩身上。

我想著那男孩，離我如此之遠，卻還是在美國。

風兒涼爽，鼓脹我的短褲褲管。

我們聊天。這些日子收工後，如果太累，還不想回家，我們就聊天。聊他的槍、學校，聊他可能輟學，加入柯爾特槍廠，畢竟最近一次的濫射已經三個月，人們記憶淡去，他們可能會徵人。我們聊 Xbox 下個遊戲會是什麼、聊他老爸、他老爸的酗酒問題、向日葵長得多好笑，崔佛說，像卡通卻是真的。我們也聊妳，聊妳的噩夢，聊妳逐漸失控。聆聽時，他面露困擾，噘嘴更明顯。

長長的沉默。崔佛拿出手機，拍下天際遠處色彩，沒檢查照片就把手機放回口袋。我們眼神相遇，他露出靦腆笑容，轉看他處，開始擠臉頰痘子。

隔了一會兒，他說：「埃及豔后。」

「什麼？」

「想想看，埃及豔后也跟我們看到相同夕陽，瘋狂吧？從古至今的活人都看到同一個太陽。」他指指整個小鎮，雖然舉目望去只有我們兩人。「難怪人們曾以為它就是上帝。」

「誰說的？」

他咬咬嘴唇說：「人們啊。有時，我真希望自己能咻一聲就去到那裡，永遠。」他的下巴朝梧桐樹後面點點。我研究他往後撐的手臂，細瘦流暢的肌肉在田野裡曬過、漢堡餵大，隨著他說話抖動。

我把剝下的最後一片葡萄柚皮扔下屋頂。我想問，那我們的骨架呢？我們要怎麼擺脫它？想想還是算了。我把半個粉紅色葡萄柚遞給他，說：「做太陽，一定很幹！」

他把半個葡萄柚整個塞到口內，說：「咂……麼？」

「嚥完才說話，你又不是動物。」

他猛翻白眼，淘氣點頭，好像被鬼附身，清澈的葡萄柚汁從下巴一路滑到脖子，到達喉結凹處，拇指大小，閃亮。他吞嚥，手臂抹嘴，再問一次，這次很嚴肅：「怎麼說？」

「因為如果你是太陽，你永遠看不到自己，不知道自己位於天空哪裡。」我把一片葡萄柚塞到嘴裡，讓酸味刺激我嘴裡的洞，整個星期，我都莫名其妙咬到它。

他若有所思看著我，腦袋翻攪這個想法，果汁溼潤嘴唇。

我繼續說：「你不知自己是圓是扁，不知自己美醜。」我希望聽起來嚴肅認真，卻不知道自己相信與否。「你只看到自己對地球的影響，顏色變化等等，卻看不到自己是啥。」我瞄瞄他。

他穿了一雙白色范斯球鞋，沾了草漬，他指摳球鞋皮面上的洞，洞變大。

直到現在，我才注意到蟋蟀鳴叫。天色漸暗。

崔佛說：「我認為做太陽很幹，因為它全身著火。」我好像又聽到另一隻蟋蟀在叫，比較近，怦然搏動。崔佛仍坐在屋頂，兩腿張開，讓柔軟粉色陰莖垂出短褲的褲管，撇尿。尿液敲擊鐵皮斜屋頂滑落泥地。他專注，噘嘴說：「我呢，要來澆滅它的火。」

我轉開臉卻仍瞧見他，不是崔佛，而是俄亥俄州那個男孩，很快，剛剛從我身邊溜走的那個小時將會找上他，完完整整。當太陽完全落到樹後，我跟崔佛沒話題了，輪流把積在兩頰的葡萄柚籽朝下吐，撲通落在鐵皮屋頂，色澤轉藍。

某天，男孩的母親從鐘廠加班回家，看到屋裡數百個玩具兵亂扔，彎曲的塑膠身體像垃圾遍布廚房地磚。男孩通常知道在她回家前必須收拾乾淨。但是那天，他完全沉浸在玩具身體編造的故事裡。大兵正在拯救六吋高的米老鼠，它被困在黑色VHS錄影帶搭起的監牢裡。

門打開，男孩連忙彈起，太晚了。他還沒看清母親的臉，腦袋便遭到反手一甩，又一記耳光，再一記。如雨而下。母親暴風雨。男孩的外婆聽到尖叫，急忙衝進來，出於本能，兩腿一跪，以自己的軀體形成小小的脆弱屋子庇護男孩。男孩躲在外婆的四肢裡，蜷縮於衣服內，等待母親平靜下來。透過外婆顫抖的雙臂，他看到錄影帶監牢已垮。米老鼠逃脫了。

在工具間屋頂吃葡萄柚後數日，我坐上崔佛的卡車副駕座。他從T恤胸前口袋掏出一根「黑溫」（Black and Mild）雪茄，輕放膝頭。從另一個口袋掏出美工刀，劃開整條小雪茄，朝窗戶倒出菸草。他說：「打開前座雜物箱，是的。不，汽車保險單下面。對。」我拿出兩個小夾鏈袋，一包裝了半滿的大麻，另一包是古柯鹼，交給崔佛。他打開菸草袋，拿出已經斷裂的大麻，放進挖空的小雪茄填滿，扔掉夾鏈袋。又打開第二包，為大麻灑上白粉，微笑說：「像覆雪山頭！」興奮之下，第二個夾鏈袋從腿縫掉落地板。他舔舔「黑溫」的邊，黏成緊密的菸捲，再吹吹黏合的縫，揮乾它。他驚奇注視菸捲，而後放進唇間，點火。我們坐在那兒分享，直到腦袋感覺輕薄，顱骨不存。

感覺似乎經過數小時，不知為什麼我們躺在滿是灰塵的農倉地板。應該已經很晚，至少天色已暗到農倉內部顯得寬闊，好像置身擱淺海邊的船體。

崔佛坐直身體說：「你別這樣怪里怪氣。」他從地板抓起那頂二戰鋼盔戴回頭上，就是我們初識時他戴的那頂。我不斷看到那頂鋼盔，不可能是真的。這男孩活生生，徹底美國仔，卻活在死去士兵的形象裡。這個象徵太純粹、太利索，鐵定是我想像出來的。即便今日，我回顧所有照片，仍找不到一張他戴鋼盔的。可是此刻它歪戴在崔佛的頭頂，遮住眼睛，似乎也遮掩了他的身分，容許我猛盯。我像研究新詞彙般仔細探索他。鋼盔帽舌下，他的紅唇突出，喉結出奇小，像是懶德畫家勾勒的五分硬幣。農倉光線夠暗，我可以不必看清他就吞嚥他的全身輪廓。就像摸黑吃飯，不知身在何處，身體依然得到營養。

「別那麼怪里怪氣。」

我轉移視線說：「我沒在看你，只是在思索。」

「瞧，收音機又好了。」他轉動膝頭手提收音機的轉鈕，靜電聲轉強，一個急迫剛硬的聲音插入我倆間：剩二十七秒，第四次嘗試得分進攻，愛國者隊的鋒衛已準備擲球……

崔佛用手擊掌，咬牙說：「太好了，我們起死回生了。」鋼盔下灰眸一閃。

他抬起頭，想像比賽畫面、球場與灰藍球衣的愛國者隊。我瞳孔放大，讓他的影像更深印眼眸：蒼白的一抹下顎、喉嚨、青少年的細瘦筋絡整條起伏。他脫掉上衣，因為現在是夏日，因為沒關係。他的鎖骨有兩條灰塵指印，下午我們在畢福先生後院種幼叢蘋果樹時弄的。

我問：「比數接近了嗎？」我根本不知所云。

收音機內，觀眾喧嘩穿透靜電劈啪而出。

他往後躺到我身旁，身體重量讓泥土嘎響，他說：「是啊，我想我們會贏。ＯＫ，基本上第四次進攻就是最後機會——你有沒有在聽啊？」

「呃，有啊。」

「那你幹嘛瞪著天花板？」

「我有在聽，」我撐起頭與他面對面，半黑暗光線裡，他的軀體是淡淡白光。我說：「我有在聽，崔，你說第四次進攻。」

「別這樣叫我。崔佛。全名。兩個字。懂嗎？」

「對不起。」

「沒關係。第四次進攻代表不是贏球，就是打包回家。」

我們躺著，肩膀幾乎相碰，空氣變重，熱氣在我們的肌膚間形成薄膜，播報員說話，觀眾瘋狂歡呼。

他說：「我們會贏。我們會贏。」我想像他的嘴唇在動，好像祈禱。他似乎可以望穿屋頂直視無星的夜空——那晚，月亮像啃過的骨頭懸掛田野。我不知道是他還是我動了，但是伴隨比賽嘶吼聲，我們的空間越來越薄，上手臂潮溼，就在不注意間輕輕碰觸了。或許就是在農倉，我第一次看到黑暗如何襯托血肉，往後在黑暗中所見也是如此。他身體突出的部分——肩膀、手肘、下巴、鼻子——穿透了黑暗，那是半浮半沉於河水的身體。

愛國者隊達陣贏球，球迷狂噪。蟋蟀也在農倉周遭的低草高鳴。我轉身面對他，我能感覺地板下蟋蟀的鋸齒狀腿，我低聲說出他的名：全名，兩個字。我的聲音如此之低，音節幾乎不曾在嘴裡成形。我靠近，貼近他熱鹹的臉頰。他發出近乎享受的呻吟——或者只是我的幻想。我繼續，舔他的胸口、肋骨、蒼白肚皮上的細毛。然後，鋼盔沉重鏘噹一聲往後掉，觀眾爆出歡呼。

青豆泥色牆壁的浴室裡，外婆拿剛煮好的蛋滾敷男孩的臉，幾分鐘前，母親才朝他的臉頰扔了陶茶壺。

男孩想，雞蛋跟我的內臟一樣溫暖呢。這是古老療方。外婆說：「再糟糕的瘀傷，雞蛋都能治癒。」她用雞蛋揉揉男孩臉上紫色閃亮如梅子的腫包。當雞蛋輕壓瘀青，男孩透過腫脹的眼瞼看到外婆的嘴因為專心而抿出線條。數年後他長成青年，對外婆的記憶只剩那張臉，記得某個紐約冬夜，他在書桌邊緣敲雞蛋，記得她的嘴唇線紋。房租尚無著落，一整個星期晚餐都是雞蛋。雞蛋此刻已經不熱，冷冷的，上午一口氣煮了十二顆。

男孩坐在書桌前，神思飄浮，他拿雞蛋揉臉頰。他默聲說謝謝。不斷默念，直到雞蛋變得跟他一樣暖。

男孩瞇著眼說：「外婆，謝謝妳。」

她拿起珍珠白的圓蛋，溫柔塞到他嘴邊：「小狗，沒事了，現在吃掉。吞下，你的瘀傷已經在雞蛋裡。吞了，你就不疼啦。」所以他吃了。至今仍是。

是的，媽，顏色。我跟他在一起時，感覺的不是文字，而是顏色——陰影與半影。有一次，我們把卡車停在泥巴路旁，靠著駕駛座的門而坐，面對草原。沒多久，我們的身影在車身紅漆上移動、綻放，像紫色塗鴉。兩個雙起司華堡放在引擎蓋上加溫，包裝紙喀響。當一個男孩的嘴唇找上妳，妳會覺得顏色滲入身體嗎？如果肉體充其量只是對另一個肉體的欲求呢？如果血液衝向心臟，只為再次輸送出來，填滿行經路線與原本空蕩的渠道，奔竄千哩只為讓我們彼此接近呢？為何我想摸他，手仍在半空，卻比實際摸到他時更像我自己呢？

他舔我的耳朵：那是綠色穿過一片草葉。

漢堡開始冒煙。我們隨它去。

我在那個農場又打工了兩個夏天，但是我與崔佛的交往不限夏天。然後我記得那一天。十月十六日，星期四。天半陰，樹葉枯乾，卻仍在枝頭。

我們晚上吃魚露番茄炒蛋蓋飯。我穿了一件L.L. Bean的灰紅色格子休閒襯衫。妳在廚房洗刷哼唱。電視開著，正在重播《小淘氣》，蘭跟著卡通鼓掌。臥房燈泡嗡嗡，瓦數太高，與插座不合。妳想到藥妝店買新的，但是要等美甲坊發薪水，順便買蘭的亞培安素。妳那天心情不錯。抽菸時甚至笑了兩次。我記得。因為那天我第一次發現自己是美麗的，怎麼可能忘記那天的點點滴滴？

我關掉蓮蓬頭，沒像往日在更衣鏡水霧消失前就擦乾身體穿衣，反而等著。我會發現自己的美，純屬意外。我正在神遊，回想前日跟崔佛在雪佛蘭後座的事，蓮蓬頭關掉後在浴缸站太久。等我踏出浴缸，鏡前的男孩令我吃驚。

他是誰？我摸臉，灰黃色的兩頰。我摸脖子，肌肉線一路下延至鎖骨，然後突出成剛硬之脊，肌膚則努力遮蓋不規則凹陷的肋骨縫，小小的哀傷的心怦動其下，像受困的魚。兩眼不對稱，一眼大張，另一眼眼瞼略微下垂，迷茫，警戒光線所披露的一切。世間之物，唯有太陽無陰影。我逃避讓我想成為太陽的一切東西。這次我沒逃離，我讓穿衣鏡留住我的所有缺點——因為生平第一次，這具漸乾的身體是被欲求與想望的，不再是我眼中的缺陷。在我一向迷失的廣袤景觀裡，它，被找到了。因為美這個東西，必須脫離自身，才能被看見。透過鏡子，我的身體是個「他」，一個幾呎外的男孩，面無表情，挑戰那身皮囊不准逃離，好像太陽永不落下，儘管此刻，太陽已經懸在他處，在俄亥俄州。

我得到我想要的東西——一個泅向自我的男孩。只是母親啊，我非彼岸，只是浮木，努力回憶自己原為何物，何以折斷漂流至此。

回到我們彼此碰觸的第一晚。收音機傳來愛國者隊比賽的中場休息廣告，我聽到他。空氣是濃重？是稀薄？還是根本不存在？或許我們恍神了一會兒。廣告繼續喊喊喳喳放送，我還是聽到了。我們正瞪著房椽，他閒閒道來，好像唸出地圖上的國家名稱，說：「我為什麼出生？」漸暗光線下，他面容困擾。

我假裝沒聽到。

他又說了：「小狗，我活在世間要幹嘛？」收音機傳出嘈雜聲。我對著空氣說：「我討厭肯德基。」故意回應收音機裡的廣告。

他瞬即接口：「我也是。」

然後我們笑了。轟然大笑。就這樣失控，狂笑。

崔佛跟老爸單獨住在州際公路旁一棟活動屋，復活節彩蛋的豔黃色。那天下午，他老頭去切斯特菲爾德的商場給人行道鋪紅磚。活動屋的白門框有粉紅指印：這是工作勞動留下的色彩，也是疲憊與失修的顏色。屋內地毯整個拆掉，「這樣誰也不必清地毯」，地毯下的硬木沒打蠟拋光，穿了襪子，腳下仍可感覺鎚平的釘子。流理臺櫥櫃的門拆掉，「方便拿東西」，流理臺下的管線就放入煤渣磚內。起居室沙發上方有張膠帶黏貼的尼爾・楊[17]海報，手拿吉他，皺眉唱著我沒聽過的歌。

來到臥房，崔佛打開放在五斗櫃上方、外加兩個喇叭的索尼牌汽車音響，腦袋隨著擴大器強力放送的嘻哈拍子擺動。拍子間夾了零星槍聲、男人喊叫、汽車急駛的錄音。崔佛微笑說：「你聽過這傢伙嗎？這個新歌手50 Cent。很屌，對吧？」鳥兒飛過窗口，屋子好像眨了眼。

「沒聽過。」我說謊。為什麼，我不確定。比我多一點瑣碎知識，可能會讓他顯得更有支配力吧？我聽過這首歌，許多次，那一整年，不知多少車子經過我們哈特福公寓的敞開窗戶，都播這首歌。他的專輯《死也要賺大錢》（*Get Rich or Die Tryin'*）不知有多少盜版，燒在沃爾瑪百貨或塔吉特超市（Target）的四十張大賤價空白CD上，因此，它幾乎像國歌迴盪整個北區。騎車在路上，就能聽見柯帝斯・傑克森[18]的聲音飄進飄出，或清楚或模糊。

他的手在臉前擺姿勢，手指揮舞，複誦：「我揣著大堆海洛因走在街區，警方因小罪跑來敲門，我群鬥時亮出利刃，讓你知道你的屁股即將挨我的槍。[19]」

他行走房間，懷抱熱情與膽氣跟著饒舌唱，皺眉，口沫涼涼飛濺我的臉頰。他說：「老兄，來啊，我超愛這一段。」他唸著歌詞，緊瞪我，好像我是拍攝音樂錄影帶的鏡頭。我學著他的嘴形，直到我們齊聲唱重複段落：「許多人，許多，許多，許多，許多人盼著我死。上帝，我不再哭泣，不再仰望天空。垂憐我。」

被褥凌亂的床鋪上方掛了一幅快剝落的《星際大戰：帝國大反擊》海報，房間裡還有空沙士罐、二十磅重啞鈴、破掉的半塊滑板，書桌上散布零錢、口香糖包裝紙、加油站收據、大麻菸絲、吩坦尼貼布、空的小夾鏈袋。馬克杯的水放了多天，杯口泛棕，裡面泡了大麻菸屁股。桌上還有一本《人鼠之間》以及空彈殼，毫無疑問是史密斯威森霰彈槍的。躺在被褥下，我們彼此摩擦，萌生各式幻想。那天，他剛在水槽剃了頭，因此，不管我們怎麼動都毛渣刺人。我們的手忙著解開褲腰帶。他手肘上的ＯＫ繃因汗水與熱氣半脫落，當他爬上我的身體摸索，黏膠面刮搔我的肋骨。在我的手指撫摸下，

---

17 尼爾．楊（Neil Young, 1945-），加拿大搖滾歌手。

18 柯帝斯．傑克森（Curtis Jackson, 1975-）是50 Cents的本名。

19 原文為I walk the block with bundles, I've been knocked on the humble, swing the ox when I rumble, show your ass what my gun do。Bundles是俚語的十包海洛因。Humble是很小的罪名。Ox是指利刃。Rumble，群鬥。上述歌詞引自50 Cents的〈*Many Men*〉，收在《死也要賺大錢》專輯裡。

他的膝蓋上方、肩膀與脊椎底部的延展紋路銀閃發亮，嶄新。他是一個即將破繭而出又向內推進的男孩。這就是我想要的——不僅僅是肉體，雖說肉體萬分可欲，我要的是肉體的意志。這意志讓身體煥發成一個不許自身飢餓的世界。然後，我要的更多，我要他的氣味與氛圍，舌根上薯條與花生醬混合的如膏滋味。還有脖子上的汗水鹽味，來自開車兩小時到鳥不生蛋偏遠地區的「漢堡王」，也來自與老爸一整天的激烈對話。我也要他臉上的生鏽氣味，來自他跟老爸合用的電動刮鬍刀片，我常在水槽裡看到悲哀的刀片塑膠盒。他的手指混合了菸草、大麻、古柯鹼與機油。上述種種累積成焚木過後的氣味，沉澱在他的頭髮，彷彿他來自一個大火熊熊燃燒再也無法返回的地方，雙唇溼潤飢渴走向我。

遇上這樣的男孩，你能如何？只能把自己化身門檻，讓他一遍又一遍走過，進入同樣的房間。是的。我全都要。我把臉埋向他的身體，像投身氣候，投身一本屬於季節的自傳，直到麻木。他搖搖頭說：「別張眼，我不想你看到我這樣。」我還是張開了眼，知道光線昏暗，看什麼都一樣，好像睡夢未醒。匆忙之間，我們牙齒相撞，他發出慘叫聲，轉身，突然變得尷尬。我還來不及問他還好嗎，他已恢復行動，我倆交纏，他的眼睛半閉，這次親吻平順柔滑深入。然後他往下探，碰到褲頭鬆緊帶的抵禦，我沒聽到鬆緊帶的啪聲，布料摩挲我的腳踝與陽具，陰莖上方的水珠是我跟他之間最冰涼的東西。

他從床單下露臉，帶著我們貪食彼此的閃亮，有如溼面具。他很白，我永遠不會忘記，他一向很白。我知道，因為我們總找得到屬於自己的空間，在菸田、農倉、房子繾綣個一、二個小時。我在城市裡永遠找不到這樣的地方，我所住的租賃公寓非常擁擠，鄰居半夜腸胃型感冒發作，你都聽得見。能夠躲在一棟破敗的活動屋，有自己的房間，簡直是恩賜機會。他白，我黃。黑暗中，肉體事實讓我們慾火上升，肉體行動則將我們壓倒在地。

向妳描述這個男孩，我怎能不提那個即將讓全世界燃燒，也讓我們分開的藥物疼始康定（Oxy Contin）與古柯鹼？又怎能不提那輛紅鏽色雪佛蘭？那是畢福先生送給崔佛老爸的二十四歲禮物，他老頭愛得要命，這些年來修理替換的零件都足夠組四輛卡車了。它的窗戶滿是藍色條紋，輪胎平滑如人的肌膚。當我們飆到時速五十五[20]，崔佛瘋狂大叫，手臂上的吩坦尼貼布火燙，邊角滲漏液體，滑下三頭肌，像染病的樹液。我們的鼻腔與肺部有古柯鹼，狂笑。然後天旋地轉，黃色碎片，轟地一聲，玻璃飛濺，壓扁的引擎蓋在死橡樹下冒煙。一條紅線流過崔佛的臉頰，在下顎處擴散。他老爸的憤怒叫

20 編按：此為英制，約為時速八十八公里。

聲從屋內傳來，嚇得我們從座椅彈起。

引擎冒煙，我們摸摸肋骨斷了沒，然後連忙逃出漏油味四溢的皮卡，穿越崔佛家後面整片玉米田，經過架在煤渣磚上、輪子不見蹤影的約翰迪爾農耕機，經過鎖鏈生鏽的空雞寮，經過被荊棘窒息得不見蹤影的小塑膠圍籬，經過馬唐草，經過高架橋，來到松樹林。枯葉在我們腳底碎裂。崔佛老爸奔往撞爛的卡車，他們家只有這輛車。崔佛跟我都沒勇氣回頭看。

跟妳描述崔佛，怎能不再提那些松樹。雪佛蘭事件一小時後，森林地氣涼滲我們。我們唱著〈我的這道微光〉，直到臉上的鮮血在嘴邊乾涸變硬，讓我們噤聲。

我們第一次做愛，根本沒做。我只有勇氣事後告訴妳，妳收到這封信的機率很低，就是因為毫無可能，我才敢說。

在崔佛的活動屋，走道上有幅畫總是引起我的注意，那是一盆桃子。走道窄到你只能從幾吋外去觀賞它，與其說是觀賞藝術，更像是觀看「餘波」。我得微微站偏才能看到全幅。每次經過它，我便放慢腳步，仔細觀看。那是從一元店買來的廉價東西，微帶印象派風格，大量生產。仔細看它的筆觸，就發現它根本不是畫出來的，而是斑點浮雕法印刷製品，讓你誤以為出自人手。浮雕法的「筆觸」從頭到尾跟陰影不符，有時一筆出現兩個甚至三個顏色。假貨。贗品。就是因為如此，我才喜歡。它的材料根本沒法冒充真品，只是不顯眼的類似，希望混淆最漫不經心的觀者，讓他們誤以為真。它躲在通往崔佛臥房的陰暗走道，我沒問是誰掛的。桃子。粉紅桃子。

躺在悶熱的遮身床單下，他把陰莖塞到我的兩腿間。我朝手吐口水，往後伸，握住他火熱的一整根，當他衝刺，我模仿真的性事。我回頭，瞧見他眼裡的狂熱淘氣。雖然這只是模仿性交，陰莖在手，而非在內，卻有那麼一剎那，它感覺**極真**。真，因為我們不必注視，好像我們在身體之外做愛（非做愛）卻在激情之中，像回憶。

我們模仿春宮電影。我的另一隻手攬著崔佛的脖子，我的嘴唇摸索他最靠近我的任何部位，他也一樣，把鼻子埋向我的脖子凹處。他的舌頭。他的舌頭。還有他的手臂，肌肉緊繃，火熱，讓我想起法蘭克林道上鄰居的房子。它被燒毀的那個早晨，我從灰燼中撿起一條窗框，依然溫熱，我的手指伸進因灑水而變得潮溼柔軟的木頭。此刻，我掐進崔佛的三頭肌，彷彿也聽見他的身體嘶地冒出蒸汽。但那只是十月的廝殺砍伐聲，風兒掃過樹葉所誕生的詞彙。

我們沒說話。

他「幹」我的手，直到抖顫溼了，像雨中發動卡車時的消音器。我的手變得滑膩，他大叫：「不，噢，不，」好像脫離他身體的不是精液，而是血液。完事後，我們躺了一會兒，汗珠漸乾，臉兒變涼。

現在每當我造訪博物館，遲疑要不要靠近畫幅，畏懼我即將發現或不會發現的東西。我會背著手，從遠處甚至門檻處瞪視，一如觀看崔佛家買自一元店、粉紅筆觸的桃子畫。一切尚未揭露，便一切都有可能。

做愛後，崔佛躺在我身旁，臉轉過一旁，在黑暗中熟練地哭泣。男孩的哭泣法。我們第一次做愛，根本沒做。

學步男娃站在哈特福的黃色小廚房，笑著，他以為父母是在跳舞。他仍有這個記憶，誰能忘記對父母的第一個記憶？直到母親鼻子流血，白色襯衫染紅如《芝麻街》的玩偶艾蒙，他才開始尖叫。然後他的外婆衝進來，抱起他，跑過流血的女兒與大喊大叫的男人，衝向陽臺，衝向後臺階，以越語大叫：「他要殺死我女兒！天，天！他要殺死她了。」從街坊臺階到三樓公寓，人們從四面八方奔來；對街的湯尼拖著受傷的手臂跑來；朱尼爾的爸爸米蓋爾、雜貨鋪樓上的羅傑全衝來，扯開他老爸。

救護車來了，被攬在外婆腰間的男孩看到警察拔槍趨近老爸，後者揮舞一張二十元鈔票，昔日在西貢，警察會收下他的錢，叫男孩的媽媽冷靜，然後撤隊，好像啥事都沒發生。男孩看到美國警察將老爸制服在地，打鬥間，鈔票滑落至硫黃色街燈點亮的人行道。男孩專注看著那張有如綠棕色落葉的鈔票，以為它會飛起，飛回冬日枝頭，沒注意父親被上了手銬，拖著腳，壓著頭坐進警車。他眼裡只有那張皺掉的鈔票，看到鄰居馬尾女孩趁沒人注意一把攫起。男孩抬頭，救護人員用擔架抬出母親，她的骨折臉蛋從他眼前飄過。

高速路高架橋旁的空泥地就是崔佛家的後院。他拿溫徹斯特點三二步槍射擊排在舊公園椅上的空噴漆罐。那時我不知：身為美國男孩，然後晉身為擁槍的美國男孩，代表你從這個牢籠這端移到另一端。現在我知道了。

他抬高紅襪隊的遮陽帽，咬唇。陽臺燈從暗處遠遠照過來，在槍管上形成小小白星，隨著他瞄準而上下浮動。這是我們常做的夜間消遣，週六晚方圓數哩無聲。我坐在牛奶板條箱上啜飲「胡椒博士」蘇打，看他打完一個彈匣又一個彈匣。槍屁股的後座力不斷擊向肩膀，綠色的哈特福捕鯨人隊的T恤皺起，隨著每一擊而紋痕波動。

長條凳上的空罐一一跳落，我想起畢福先生在農場說的故事。好多年前，他在蒙大拿打獵，麋鹿踩到他設的陷阱。那是頭公鹿。他慢慢道來，捻著白鬍鬚，形容陷阱如何割傷鹿的後腿，啪一聲，如溼潤的樹枝斷裂，只剩幾條粉紅色韌帶。公鹿呻吟，撕裂流血的身體突然變成牢獄。肥舌伸出發出盛怒聲音。畢福先生說：「幾乎像人，就像你跟我。」他看看孫子，又看看泥地，盤上的豆子爬了螞蟻。

他放下步槍，拿出背上的雙管霰彈槍，瞄準。公鹿注意到他的動作，猛地衝向他來，扯斷整條後腿。公鹿直衝，他還來不及瞄準，鹿兒方向一偏，朝空地奔去，一跛一跛拖著身體，竄入林木。

我默念：就像你跟我。

畢福先生說：「我算走運。就算三條腿，那玩意也能幹掉你。」

崔佛跟我坐在後院，輪流抽一根撒了碎碾疼始康定的大麻。長凳的靠背全被射光，只剩四條腿。看起來像是有腿無身的東西。

第一次過後一星期，我們又做了。他的陰莖在我手裡，開始。我稍加用力裹住他的包皮。他的皮膚又溼又緊，無力地貼在我身上，讓這個活兒不僅是性交，更像是「力撐」。他兩頰內的皮膚是全身最柔軟處，舔起來有肉桂口香糖加溼石頭的味道。我往下觸摸陰莖上的那條縫。當我摩挲溫熱的球形陰莖頭，他顫抖。不知怎的，他抓住我的頭髮，我的頭不禁往後一仰。我發出短暫慘叫，他停住，手在我的臉面徘徊猶豫。

我說：「繼續。」頭往後仰，一整個奉獻。「扯它。」

我講不清自己的感覺。那種力道與扯力，瀕臨臨界點的痛苦，我從未想過這是性的一部分。我彷彿被附身，告訴他：用力點。他照辦，幾乎是拉著我頭髮的毛囊，將我從床上扯起。每一次碰撞，我腦海裡就有光線一明一滅。我像暴風雨中的燈泡閃爍，在他的駕駛下尋找自我。他只有在捧著我的脖子時才放開我的頭髮。我的嘴拂過他的前臂，舔到蓄積的鹽巴味。他頓悟了。這將是我們往後做愛的方式。

妳會怎麼稱呼這樣的動物，尋找獵人，奉獻自己為食物。烈士？弱者？不，這是擁有罕見力量的野獸，可以叫停。是的，句子的句點——媽，我發誓，人之所以為人，就是因為這個。喊停是為了繼續。

我很快就發現臣服也是一種力量。想要沉浸於歡愉，崔佛需要我。我有選擇，有技巧，他的飛升與崩跌全看我願不願意為他創造那樣的空間，因為，必須有蹲伏之物，你才能跨升。臣服是一種毋須攀升就能得到控制的力量。我匍匐自己，將他放入嘴裡，直吞到底，向上看他，他在我的眼睛綻發。過一會兒，你就發現，舔陰莖者才是發動者，他只是跟隨，我往這邊動，他跟著往這邊扭。我抬眼看他，他就像風箏，整個身體繫於我腦袋的轉動。

人們教我一片片撕掉花瓣，數著「他愛我，他不愛我」，直到花瓣不存。因此，通往愛必須先通過毀滅。我想說的是「挖出我的五臟六腑」，讓我誠實以告。我懇請：「繼續，幹死我，幹死我。」暴力本就是我的日常，也是我對愛的終極認識。**幹**。**死**。

我。正是我一生的寫照。能夠明確說出，真好。至少這次是出於我的選擇。在崔佛的手中，我至少能指定自己如何被摧毀。所以我說：「用力點。用力點。」直到我聽見他大聲喘氣，好像從一場我跟他都矢言真實的噩夢醒來。

他射精後，想要抱我，親吻我的肩頭，我一把推開，穿上四角褲，去漱口。有時，事後的溫柔，反而像是你被摧毀的明證。

然後一天下午，在我們所謂的假性交過程，崔佛突然要求我在上。他側身躺下，我朝手掌吐口水，趴上去。我身高僅及他的脖子，但是躺下來，像兩把湯匙彎靠，我們能頭碰頭。我親吻他的肩膀，再親到脖子，到髮根結束處。他跟許多男孩一樣，此處頭髮縮減成頸背上約莫半吋長的小撮馬尾，閃亮如陽光下的麥穗尖，其他處頭髮茂密，黑棕色。我的舌頭翻舔此處。這麼硬派的男孩怎會有這麼一個地方，全是毛髮邊角與尾部，卻依然細緻？在我的唇裡，它就像從崔佛體內長出的小花蕾。這是好的崔佛。不是射殺松鼠的崔佛。不是打靶後拿斧頭把野餐椅劈個爛碎的崔佛。不是那個我們從街角小鋪步行回家途中，突然盛怒（什麼原因，我忘了）把我推向雪堆的崔佛。就是這個部分，這一撮頭髮讓他突然停車，瞪視路邊六呎高的向日葵，嘴兒微張。他曾告訴我，他最愛向日葵，因為它們可以長得比人高。就是這個崔佛溫柔撫摸向日葵的整個長梗，讓我覺得梗子裡竄流搏動的是紅色血液。

但是這次做愛尚未開始就結束。在我的陰莖尖尚未碰觸他抹過油的手掌，他便全身緊繃，背部像堵牆，推開我，坐直身體說：「幹！」眼睛直瞪前方。

他對著牆壁說：「我辦不到——我是說，我不知道，我不想當女孩，不想做婊子。沒辦法。對不起，兄弟。我不適合——」他停頓，抹抹鼻子說：「這適合你，對不對？」

我拉起床單遮到下巴。

我以為性可以突破新領域，儘管惶恐，但只要不暴露於世人眼前，世間規則便不適用。但是我錯了。

規則早就深植我們心中。

接著，崔佛馬上打開任天堂，肩頭隨著猛按控制鈕而抖動。過一會兒後他說：「咳，咳，小狗，我很抱歉，好嗎？」語氣溫柔，眼睛仍然盯著遊戲。

螢幕上，紅色的小瑪利歐從這個平臺跳到另一個平臺。如果瑪利歐摔下來，他得從第一關打起。這在遊戲裡也叫「死了」。

一晚，男孩離家出走。毫無計畫。他的背包只放了從歡樂麥片盒拿出的小包分裝、一雙襪子、兩本《雞皮疙瘩》平裝本。雖然他還不會讀章節書，但是他知道故事可以帶他遠走高飛，兩本書代表他至少會踏入另外兩個世界。因為他只有十歲，只長征到離家二十分鐘的小學後面的地景遊玩區。

黑暗中，他坐在鞦韆上一會兒，鐵鍊吱嘎是唯一聲響。他爬上鄰近的楓樹，樹葉茂盛的枝幹抖動。爬到一半，他停住，聽到空地再過去的一棟公寓窗戶傳出流行歌曲，也聽到遠處高速公路的車流聲，還有一個女人不知道是在呼喚小孩還是狗回家。

然後男孩聽見腳踩落葉的聲音。他收緊膝蓋抱住樹幹。他不動，小心透過因霧霾而蒙灰的大樹枝往下瞧。是他的外婆。她也不動，往上看，張大一隻眼，尋覓。太暗了，瞧不見。夜色裡，男孩覺得外婆小如放錯地方的娃娃，左右搖擺，瞇眼瞧。

她以近乎呢喃的聲音呼喚：「小狗。你在上面嗎？小狗？」她歪斜脖子，然後眺望遠處的高速公路。「你媽，她不正常，ＯＫ？她痛。她傷。她要你回家，她需要我們。」她腳踢落葉，樹葉咔啦。「她愛你，小狗。但是她病了。跟我一樣。腦袋有病。」她低頭檢視自己的雙手，彷彿要確定它們仍存在，然後她放下手。

男孩聽到這裡，嘴兒緊緊壓上冷冷的樹幹，不讓自己哭出聲。

男孩細思外婆的話：她痛。一個人怎麼可能是感覺？男孩沒說話。

「你不必害怕，小狗，你比我聰明得多。」某個東西發出咔啦聲。她像抱小孩似的摟著一包清涼牧場沙拉口味的多力多茲，另一手拿著裝滿熱茉莉花茶的波蘭礦泉水瓶。她不斷自言自語：「你不必害怕。沒必要。」

然後她住嘴。眼睛梭巡他。

他們便透過枯萎的樹葉互視。她眨下眼。樹枝嘎響，然後停止。

妳記得一生最快樂的日子嗎？最哀傷的日子呢？你想過悲傷與快樂可以混合，形成深紫色的感受，不好也不壞，但是神奇，因為你不必選邊站。

那晚緬街空曠，崔佛與我在路中央騎車，我們的輪胎吞沒肥胖的黃線。七點了。這代表還剩五小時，感恩節就結束了。我們的呼吸飄浮在上冒煙。每吸一口氣，柴火燃燒的刺鼻味就在肺部烙下明亮印記。崔佛的老爸已經回到活動屋，看美式足球賽，吃電視餐，配波本威士忌搭可口可樂。

我們經過商店玻璃，我的倒影波折其上。街燈閃黃，唯一的聲音來自輪下的喀喀。我們就這樣來回騎，有那麼個愚蠢的剎那，感覺這條叫做「緬街」的柏油路是我們僅有的世界，因為它，我們才附著世間。夜霧降臨，將街燈衍射成梵谷筆下的巨大圓形物。崔佛在我前面，站在自行車上，兩手朝外伸，大叫：「我在飛！看，我在飛！」他在模仿《鐵達尼號》電影裡女孩站在船首的一幕，聲音粗啞，大叫：「我在飛，傑克！」

過一會兒，崔佛停止踩踏板，讓自由車自行煞停，手叉腰。

「我餓了。」

我說：「我也是。」

「前面有加油站。」他指指前方的殼牌加油站。它被夜色包圍，看起來像墜毀於街道的太空船。

進到店裡，我們看著微波爐旋轉加熱兩個擺在一起的起司蛋三明治，櫃檯的白人老太太問我們去哪兒。

崔佛說：「回家。我媽塞在車陣，所以晚餐前，我先填點肚子。」老太太給他找零時，眼睛飛快瞄我。崔佛老媽大約五年前就跟男友搬到奧克拉荷馬了。

坐在牙醫診所的前門臺階，對街是已經拉下百葉窗的「友善餐館」，我們打開三明治。溫熱的玻璃紙在我們手中喀響。我們大嚼，瞪視餐館窗戶上的聖代海報，那是三月時促銷的鬼魅綠色「鬼精靈巨無霸薄荷聖代船」。我把三明治拿近眼前，讓熱氣濛霧我的視線。

我問：「你認為我們一百歲時還會在一起混嗎？」這問題未經大腦。

他扔掉包裝紙，正巧被風兒吹到他背後的樹籬上。我立刻後悔自己的問題。他邊嚼邊說：「沒人活到一百歲。」撕開一包番茄醬，為我的三明治抹出細細一條紅線。

我點點頭說：「是啊。」

然後我聽到笑聲，來自後面巷弄的房子。

是小孩的聲音，兩個，或許三個，還有一個男人——父親？他們在後院玩。不是玩遊戲，而是很小的孩子才有的莫名興奮，光是在一塊尚未成為城鎮破敗區小後院的空地奔跑，就足以快樂竄身。從他們快樂的尖叫聽來，他們不會超過六歲，還是光跑動就會樂不可支的年紀。他們就像空氣撥弄就會唱歌的小鈴鐺。

那男人說：「好了，今晚玩夠了。」馬上，孩子聲變小，紗門甩上。寂靜湧回。崔佛在我身邊，雙手捧頭。

我們騎車回家，街燈零散照在身上。那是紫色的一天——不好也不壞，只是我們度過的另一天。我踩快踏板，扭動身體，暫時不思不想。崔佛在我旁邊唱50 Cent的歌。

他的聲音聽起來奇特年輕，好像來自我們相識之前的他。好像只要我一轉身，就能看到小男孩穿著母親洗過的牛仔夾克，洗潔劑味道蒸散到他的頭髮，臉仍是孩子氣的圓，髮色仍金，輔助輪在人行道嘎響。

我加入他。

「許多、許多、許多、許多、許多人。」

我們幾乎是吶喊歌詞，歌聲劈開風兒。人說歌曲可以是橋梁，媽，我得說它也是我們立足之地。或許人們唱歌是為了防止自己倒下。或許我們唱歌是為了保守自己。

「盼著我死。上帝，我不再哭泣，不再仰望天空。垂憐我。」

我們騎經藍色起居室，足球賽接近尾聲。

「兄弟，我滿眼是血，無法看清。」

藍色起居室裡，有了贏了，有人輸了。

就這樣，秋天過去了。

一次性的人生裡沒有第二次機會。二次機會是謊言。我們也就這樣活了。儘管是個謊言，男孩還是張開眼睛。房間是灰色抹藍。音樂聲滲入。蕭邦。她只聽蕭邦。男孩爬下床。房間角落軸轉，像船。他知道那只是自己腦海裡的魔術。走道上潑灑的燈光照出一疊破碎的四十五轉黑膠，他尋找她的蹤跡。她房內的床罩已經揭開，粉紅色蕾絲薄被堆在地上。夜燈只是半插入插座，燈光一閃一閃。鋼琴音符小聲滴滴，好像雨珠夢想而成的樂章。他前往起居室。雙人座沙發旁的唱盤上唱片播到尾聲，一直跳針。靠近時，炒豆沙沙聲變大。但是蕭邦繼續，來自遠處。他歪著頭追尋樂音。就在廚房桌上，一加崙裝的牛奶傾倒，白色牛奶成束流出，像夢魘裡的桌布，紅色眼睛眨啊眨，那是她在「有愛二手店」買的小收音機，工作時可以放在圍裙口袋裡，暴風雨夜，就放在枕頭下，〈夜曲〉伴隨霹雷越形大聲。它坐在牛奶中，好像這音樂專門為它而作。就男孩的「一次性」身體觀之，任何事都有可能。所以他遮住眼睛，確保自己是真的，然後拿起收音機，手中音樂仍在滴奶，他打開前門。這是夏日。鐵路過去的野狗吠叫，代表有事發生，可能是一隻兔子或者負鼠剛脫離生命進入世間。鋼琴音符滲入男孩的胸膛，他前往後院。因為他知道她在那裡。她在等待。母親也者，就是等待。她們站在那兒等啊等，直到她們的孩子屬於了別人。

沒錯，她果然在那兒，站在鎖鏈圍籬的小院子遠處，身旁有顆洩氣的籃球，背對他。她的肩膀似乎比他數小時前的記憶窄小了許多，那時她雙眼溼潤粉紅，正在哄他上床。她的睡衣是大號T恤，背後撕裂，露出肩胛骨，白如對切的蘋果。香菸飄浮在她的左腦門。他音樂在手，走向前，走向母親，顫抖。她駝背扭曲瘦小，彷彿被空氣壓垮。

他說：「我恨妳。」

他研究母親，看看話語的效果——她毫無退縮。只是半轉頭，香菸的紅星上升到嘴邊，於下巴處抖動。

「我不要妳做我的母親了。」他的聲音變得飽滿深沉，奇怪。

「聽到沒？妳是個怪物——」

就這樣，她的腦袋掉落肩頭。

不，那是她彎腰檢查腳邊。香菸懸於空中。他伸手摸。未如預期熱燙，只是讓他握拳。張開手掌，他看到一隻螢火蟲的斷裂屍體，綠色體液染黑他的皮膚。他抬頭看，什麼也沒有，院子裡，扁掉的籃球旁只站著他與收音機。那是夏夜。狗兒安靜。月兒晶圓。

他眼淚盈眶說：「媽，我不是故意的。」但是沒人。

他跑了幾小步，大喊：「媽！」扔下收音機，它嘴朝下掉在泥地，他轉身奔向房子，衝進屋內尋找母親，手掌仍因那個死去的「一次性」生命而潮溼，他大喊：「媽！」

然後我向妳吐實。

那是灰色星期天。一整個上午天空都看似要傾倒大雨。我希望那樣的日子可以輕鬆決定兩人之間的羈絆，因為天氣是如此慘澹，或許妳跟我會如釋重負發現：對面那張熟悉的臉蛋在淒涼光線對照下，居然顯得比記憶中明亮。

在明敞的唐恩都樂甜甜圈（Dunkin' Donuts），我們之間是兩杯飄散熱氣的黑咖啡。妳瞪著窗外。雨兒強擊路面，車輛陸續從緬街的教堂返家。妳看著得來速的車隊說：「這年頭大家都喜歡開休旅車，大家都想越坐越高。」妳的手指彈撥桌面。

我問：「媽，妳要糖嗎？還是奶？或者來個甜甜圈。噢，不，妳喜歡牛角麵包——」

「小狗，你想說什麼就說吧。」妳的聲音低沉，溼溼的，咖啡的蒸汽讓妳的表情顯得浮動。

「我不喜歡女生。」

我不想用越南字「皮底」（pê-dê），它源自法文戀童癖（pédéraste）的縮稱。在法國佔領越南之前，越南人對酷兒的身體並無專屬詞彙，它們跟其他身體一樣，都是皮囊，同出一源。屬於我的這部分，我不願意用法文罪犯詞彙來介紹。

妳眨了幾次眼。

妳漫不經心點頭，重複我的話：「你不喜歡女生。」我能看到這些字穿透妳，將妳釘在椅子上。「那你喜歡**什麼？**你才十七歲。你什麼都不喜歡，什麼都不**知道**。」妳邊說邊刮桌面。

我說：「男生。」我努力控制聲音，卻覺得詞彙在嘴裡死沉。妳身體往前傾，椅凳吱響。

一群穿藍綠色大號T恤的孩子衝進來，興奮尖叫聲充盈整家店：「巧克力！我要巧克力！」從他們手中裝滿蘋果的紙袋判斷，應是剛結束採蘋果之旅。

我提議說：「如果妳不要我，我可以離開，我可以走。我不會成為妳的問題，大家不必知道……媽，妳倒是說話啊。拜託。」咖啡杯裡，我的倒影在黑色小浪下波動。

妳雙手托腮，臉埋在手掌說：「告訴我，你要開始穿女裝了嗎？」

「媽——」

妳搖頭說：「他們會殺了你，你知道的。」

「誰會殺我？」

「穿女裝會被殺。新聞上有說。你不了解人，你不懂。」

「媽，我不會穿，我保證。妳瞧，我不是從未穿過？幹嘛現在要穿？」

妳瞪著我臉上的兩個洞，說：「你不用搬走。就剩你跟我，小狗，我沒有其他人了。」妳的眼眶發紅。

店裡另一頭的小孩唱〈王老先生有塊地〉。他們的聲音，他們的狂喜，聽來刺耳。

妳坐直身體，露出關切之色，說：「現在告訴我，什麼時候開始的？我記得你出生時是個健康正常的男孩。絕對沒錯。什麼時候發生的？」

六歲那年，我讀一年級。學校是路德派教堂翻修而成。由於廚房永遠處於整修狀態，中飯就在體育館解決，課桌併成簡易餐桌，籃球場線在我們腳下成弓形。每天工作人員會推進兩個大木箱，裝了只有一道菜的冷凍食品：白色方形玻璃紙包的一坨紅棕色物體。我們在四臺微波爐前排隊，整個午餐它們響不停，一道道冷凍食品融化，噹一聲出來，冒煙滲水，放到我們等待的手中。

我拿著那個四方形軟糊物，坐到穿黃色Polo衫、黑髮側梳的男孩旁。他叫葛摩茲，後來我才知道蘇聯瓦解後，他們家從阿爾巴尼亞移民到哈特福。那天，這些都不重要。重要的是，他的午餐不是四方形的灰色糊狀物，而是一個魔鬼沾綁起的青綠色平滑便當袋，他從裡面掏出一盤披薩貝果，每個都像超大的寶石。

他咬下去後隨口問：「要不要來一塊？」

我太害羞，不敢碰。葛摩茲看到後，抓起我的手，翻過手掌，把一塊披薩貝果放到我手裡。它比我想像的重，居然還是熱的。後來，休息時間，葛摩茲走到哪裡，我便跟到哪裡。他吊猴杆，我在他兩槓後。他爬黃色溜滑梯的階梯，我就在他的腳跟，看著他的白色Keds鞋每踩一級就亮一下。

你如何回報第一個讓你吃披薩貝果的男孩？難道不是成為他的影子？問題出在我的英語。當時，我幾乎沒有英文能力。無法與他言談。就算我能說，又要說什麼？說我要追隨他到哪裡？直到何種盡頭？或許我追尋的不是一個目的地，而是一種延續狀態。貼近葛摩茲就是進入他那個善行的範圍，讓時光倒流回午餐，我掌中的披薩貝果沉甸甸。

一天在溜滑梯處，葛摩茲回頭，兩頰通紅鼓脹大叫：「你這個怪胚！不要老跟著我。你到底有什麼毛病？」我沒聽懂他的話，但是看懂他細瞇的眼睛在瞄準射殺目標。陽光之處突然劈下陰影，我站在溜滑梯上方，看著他閃亮的偏分頭隨著滑道往下越變越小，終至消失，無痕沒入嬉笑孩童的聲音裡。

當我以為結束，我已一吐心中塊壘，妳把咖啡推到一旁，突然說：「現在，我有事

要告訴**你**。」

我緊咬下顎。這不該是公平交易，不該是互換。我點頭假裝樂意，聽妳說。

妳撥開眼前的頭髮，眼睛沒眨，說：「你有一個哥哥，但是死了。」

學童們還在，我卻不再聽見他們的小嗓門，輕易消失。

我明白我們是在交換事實，換言之，我們在割傷彼此。

妳板著臉，嘴形殘暴，說：「看著我，你必須知道。」

妳繼續說，一度妳肚子裡有個小孩，已經命名的兒子，妳不願再提及那名字。妳肚內的孩兒已經會動，四肢攪動妳整個肚皮。妳曾對肚裡的我唱歌說話，對他也一樣，跟他訴說連老爸都不知道的祕密。那年，妳在越南，十七歲，跟坐在妳對面的我同年。

妳現在兩手圈成杯狀，像是必須以望遠鏡狩獵過去。妳面前的桌面溼了，妳以紙巾抹拭繼續說，妳的兒子、我的哥哥孕育於一九八六年。四個月大，孩子臉面成形，妳的丈夫、我的父親受到家庭壓力，強迫妳墮胎。

妳手靠桌面支著臉繼續說：「那時沒飯吃。」一個男人想借過上廁所，妳沒抬頭，就移過身子繼續說：「人們在飯裡摻木屑。能有老鼠吃就算運氣。」

妳小心措詞，好像這故事是風中火焰，必須護在手中。那些學童終於走了，現在只剩一對老夫婦埋首報紙，露出兩頭白髮。

妳說：「跟你哥不同，我們知道你能活，才把你生下來。」

葛摩茲給我披薩貝果數個星期後，妳買了我生平第一輛腳踏車：鮮粉紅色的施文牌，帶輔助輪，把手上有白色彩帶流蘇，就算我常以步行速度騎車，它們仍會蹦跳如小絨球。粉紅色。因為那是店裡最便宜的車。

那天下午，我在公寓的停車場騎車，車子突然受阻。我低頭看，一雙手抓住我的車把。手的主人是約莫十歲的男孩，胖臉卡在肥碩逼人的身體上。我還沒搞清楚什麼事，腳踏車就被扭轉向後，我一屁股跌到人行道上。那時妳上樓去查看蘭。胖男孩的背後走出一個較小的男孩，長得像鼬鼠。鼬鼠大聲嚷嚷，斜披的陽光照得他的四濺口沫如彩虹。

大男孩拿出鑰匙串，開始刮腳踏車的漆。玫瑰紅碎片輕易掉下。我坐在那兒，看著鑰匙猛刮腳踏車骨架，點點粉紅飄落水泥地。我想大叫，卻不知道英語該怎麼說。就什麼也沒做。

那天，我學知顏色可以很危險。男孩可因此被視為踰越，而硬被剝除某個顏色。儘管顏色只是光線揭露的東西，如此而已，但那個如此而已卻自帶規矩，騎粉紅色腳踏車的男孩必須得到教訓，學會重力所在。

那晚在赤裸的廚房燈泡光線下，我跪在妳身旁看妳穩穩握著粉紅色的指甲油瓶，專業精準刷出長條，覆蓋腳踏車裸露的鈷料傷痕。

「**到**醫院，他們給我一瓶藥，我要連續吃一個月，比較保險。一個月後，我應該會自然排出，我的意思是排出他。」

我想說，別講了，我要離開。但是我知道了，告白的代價就是得到答案。

吃藥一個月，他早該消失了，妳卻感到腹痛。他們急忙將妳送到醫院，這次直奔急診室。「當他們推我經過灰色走道，我看到油漆剝落的牆壁，感覺他的踢動，醫院仍有戰爭的汽油與煙硝味。」

他們只用奴佛卡因打到兩腿間局部麻醉，護士就用長長的金屬器材「把我的孩兒刮出來，好像挖木瓜籽一樣。」

我看過妳準備水果千百遍，湯匙沿著木瓜橘色核心挖下去，溼滑的黑色籽噗一聲掉到不鏽鋼水槽。就是這樣日常且實際的動作讓整個畫面難以忍受，我拉起白套衫的帽子蓋住頭。

「我看到他，小狗，我看到我的寶寶，只是一瞥。棕色模糊一團拿去垃圾桶。」

我的手伸過桌面，握住妳的手。

就在這時，賈斯汀的歌聲從喇叭傳出，脆弱的假聲交織在客人點咖啡、咖啡渣倒入塑膠垃圾桶的敲擊聲。妳看看我，眼神飄過。

當妳的眼神回到我身上，妳說：「我是在西貢第一次聽到蕭邦。你知道嗎？」妳的越語突然變得輕柔飄忽。「我大約六歲還是七歲。對街有個男人是在巴黎受訓過的職業鋼琴演奏家。他把史坦威鋼琴架在後院，晚上會打開大門演奏。他的小黑狗大約只有這麼高，聽到音樂就會兩腿站立跳舞。小樹枝一樣的腿在泥地繞圓圈，那男人看也不看，只管閉眼演奏。這就是他的力量。他不在乎自己的雙手能創造什麼樣的奇蹟。我坐在路邊看，心想這就是魔術：音樂把動物變成人。我看那隻狗，可以清楚看到肋骨，在法國音樂聲中跳舞，我就想，什麼事都可能發生，任何事！」妳擱在桌上的手相握，這是哀傷混合激動的姿勢。「那男人結束演奏，走過去，狗搖尾巴，他把點心放到張大的狗嘴裡，證明是飢餓而不是音樂讓狗表演人的技巧，飢餓而已。但我依然相信：任何事都可能發生。」

外頭的雨似乎聽到命令，變大。我往椅背一靠，看雨珠扭曲整個窗戶。

有時當我掉以輕心，會認為存活很簡單：帶著你擁有的、你剩下的，或者你被給予的東西，往前行就是了，直到狀況改變。或許到頭來你會體悟自己可以改變，不需要消

失，只要耐心等待風暴穿身而過，就會發現——是的——自己的名字依然連在一個活物上。

就在這次談話前幾個月，一個十四歲越南鄉下男孩因為塞了情書到另一個男孩的寄物櫃，被潑了硫酸。去年夏天，二十八歲的佛羅里達居民歐馬·麥丁走進奧蘭多夜店，舉起自動步槍開火。四十九人殞命。那是個同志夜店，死者是在黑暗中彼此摸索尋求快樂的人，本質上，他們與我相同，都是出自母胎被貼上顏色的男孩、人子、青少年。

有時當我掉以輕心，我認為傷口只是皮肉重逢處，詢問彼此去了哪兒？

妳去了哪裡，媽？

胎盤約莫均重一點五磅，是母親與胚胎交流養分、賀爾蒙、廢棄物後可以丟棄的器官。因此，胎盤也是一種語言——或許還是我們的第一語言，真正的母語。四、五月大，我哥哥的胎盤已經發育完全。妳跟他，以血的語言交談。

「你知道，他有來找我。」

雨停了，天空像清空的盆子。

「他找妳？」

「醫院回家後大約一星期，我的兒子曾到我夢裡。坐在門檻。我們互看了一會兒，然後他轉身走掉，步入巷子。我想他只想看看我的樣子，想看他的母親長成什麼樣。我只是個女孩。噢，天……噢，天，我才十七歲。」

大學時，一位教授在講解《奧賽羅》時離題，堅稱同性戀男人天生自戀，尚未接受自己性傾向的男人，過於自戀可視為其性向的指標。儘管我在座位上氣呼呼，這想法卻不斷抓耙內心。有可能這樣嗎？多年前我在校園緊跟葛摩茲，僅僅因為他是男孩，因而是我的鏡像？

此論如果成立（為何不？），或許我們攬鏡不是只尋求美，無論它有多飄渺，而是確定自己依然存在，儘管事實就擺在眼前。我們要確保在搜尋的這個肉身棲息所未被消滅，未被抹殺。確定「我仍是我」是種慰藉，不曾被否定的人難以體會。

我讀過一說，終其人類歷史，我們傾向複製美。我們複製取悅我們美感之物，無論那是花瓶、繪畫、聖杯，還是詩作。複製目的在保存，使其延伸於時空。凝視取悅我們的東西——壁畫、桃紅山脊、男孩、男孩下巴上的痣——這行動本身就是複製，延長眼裡的畫面、賦予更多意義、使其停留。凝視鏡中人，我將自己複製到一個未必存在的未來。是的，許多年前，我所求於葛摩茲的不是披薩貝果，而是複製。他的贈予之舉將我擴大成一個值得慷慨對待的人，我因而被看見。我想延長與重返的其實是那個「比我大的我」。

媽，逗點形似胚胎絕非意外——那是彎曲狀延伸。我們均曾待在母胎，以彎曲且沉默的整個身體吶喊：再多一點，再多一點，再多一點。我堅持：存活本身就是美，美到值得複製。如果終其一生我只是不斷複製，更多更多，除此並無其他，那又如何？

妳說：「我想吐。」

「什麼？」

妳說：「我要吐。」匆忙起身，衝往廁所。

我說：「天啊，妳是說真的。」尾隨妳入內。妳跪在唯一的馬桶前，馬上大吐，我也跪了下來。妳雖然綁了馬尾，我還是以兩根手指克盡義務地撈住妳四撮散髮中的三撮，對著妳的腦後勺說：「媽，妳還好嗎？」

妳又吐了，妳的背在我手心下痙攣。直到我看到妳腦袋旁的小便池裡陰毛點綴，才發現我們置身男廁。

我拍拍妳的背，站起身說：「我幫妳買杯水。」

妳臉兒通紅朝後喊：「不，買檸檬汁。我需要檸檬汁。」

離開唐恩都樂甜甜圈，我們都變得比較沉重，因為我們多知道了對方一點。妳不知道的是我穿過女裝，還會再穿。幾個星期前，我穿酒紅色洋裝在老舊農倉跳舞，而我的朋友——一眼充血的瘦高男孩暈眩看著我。這是妳三十五歲生日買的洋裝，從未穿過，我從衣櫃撈來的。我的身體在衣料內迴旋，崔佛坐在輪胎堆上，吸大麻空檔時拍手叫好。手機擱在飛蛾屍體堆疊的積灰地板，刺眼閃照我們的鎖骨。在那個農倉裡，這是數個月來，我們首度無懼任何人，甚至自己。妳操控豐田汽車方向盤，我沉默坐在妳身旁。看來大雨將在傍晚重返，直下到夜裡，淋溼整個城鎮，高速公路旁的樹木映著金屬光澤的黑，滴答淌水。晚餐時，我拉開椅子，掀開帽兜，數星期前在農倉纏上的小樹枝從我的黑髮中冒出。妳伸手拂掉它，對妳決定庇護保留的兒子搖搖頭。

起居室因笑聲顯得慘澹。微波爐大小的電視播放情境喜劇，放送無人相信的小小虛假笑聲。沒人，崔佛老爸除外。不，應該說，他也不怎麼相信，只是投降，坐在「懶骨頭」沙發上咯咯笑，一瓶南方安逸香甜酒放在膝頭像卡通水晶。每次他舉杯，裡面的棕色便往下降，直到只剩歪曲的電視光線閃透空空的酒杯。他有一張厚實的臉，即便已經入夜，小平頭依然抹了髮油。他看起來像掛點前的貓王。赤足之下的地毯經過多年磨損，閃亮如傾倒的油。

我們坐在他背後，一張從報廢的道奇Caravan汽車搶救出來的座椅權充沙發，輪流喝一加侖裝的雪碧，咯咯笑，給溫莎市一個素未謀面的男孩傳簡訊。即便坐在那兒，我們都能聞到老傢伙的刺鼻酒味與廉價雪茄味，假裝他不在。

「笑啊，你們儘管笑。」崔佛老爸沒動，卻聲音轟隆，我們能感覺座椅的震動。「笑啊，嘲笑你老爸。你們笑起來像海豹。」

我細看他的後腦勺被電視光線照出白堊色圈圈，沒瞧到動靜。

崔佛眨了一下眼，把手機放入口袋說：「拜託，我們沒在笑你。」他猛瞪椅背，雙手掉落身體兩側，好像被人從膝蓋揮下。從我們坐的位置，只瞧見老傢伙小部分腦袋，一撮頭髮，以及白得像切片火雞肉的部分臉頰。

「你現在要跟我裝漢子啦？你長大了，是吧？你認為我腦筋不管用了，但是我沒有。小鬼，我能聽能看。」他咳嗽，噴出一口酒。「別忘了我可是奧蘭多海洋世界一九八五年的最佳海豹訓練員。你母親坐在看臺上，我的表演讓她從座位上站起來。我的『海豹部隊』那時還是小寶寶呢。她說我是海豹總司令。總司令。我叫他們笑，他們就笑。」

電視播出購物廣告，賣可充氣的聖誕樹，放氣後可收到口袋中。崔佛老爸說：「誰要揣著他媽的聖誕樹到處走？這個鳥國家。」他的頭歪到一邊，擠出脖子第三圈肥肉。「喂，那男孩跟你在一起嗎？那個中國男孩也在，對不？我就知道。我聽見他。他不說話，但是我聽見他。」他高舉手，我感覺崔佛在椅墊上畏縮了一下。老傢伙又喝了一口，酒瓶早就空了，他還是抹抹嘴。

「你的詹姆斯叔叔。你記得詹姆斯，對吧？」

崔佛勉強說：「嗯，多少。」

「啥？」

「是的，您，我記得。」

老傢伙往後一靠，更深陷沙發，頭髮閃亮。他身體的熱氣似乎輻射整個空氣。「好人一個。硬骨頭一個，你叔叔。硬骨來勁。他在叢林砍殺他們。這是為我們做好事。崔佛，你可知道他燒死他們？真的。」他恢復靜止姿態，嘴唇在動，面容卻文風不動。

「他跟你說過嗎？他用汽油燒死壕溝裡的四個人。相信嗎？他在新婚夜跟我說的。」

我瞧崔佛，只看見他的頸背，他的臉埋進膝頭。正在用力繫鞋帶，鞋帶的塑膠頭隨著肩膀聳動，哧地穿過鞋洞。

「我知道，現在都改變了。我不笨。我知道你恨我。我知道。」

（電視笑聲）

「兩星期前，我看見你媽，給她溫莎儲藏室的鑰匙。搞不清楚她搞啥那麼久才把家具弄走。看起來奧克拉荷馬效率不高。」他停了一下，又喝了一口不存在的酒，說：「我把你養得不錯，崔佛，我知道。」

崔佛臉色冷硬說：「你聞起來像屎。」

「什麼？我說了什麼——」

「我說你聞起來像屎，老兄。」電視光讓崔佛臉色發灰，只有脖子上的疤痕紅黑色始終不變。九歲時，他有了這個疤；他老頭大發飆，朝大門射了一發釘槍，反彈了出來。崔佛說，到處是血，紅咚咚，像六月裡的聖誕節。

崔佛回說：「你聽得很清楚。」他把雪碧放到地毯上，敲敲我的胸膛，意指咱們閃。

老傢伙噴了：「你要開始用這種語氣說話了？」眼睛仍盯著螢光幕。

崔佛說：「你又能他媽的怎麼樣？來啊，做啊，燒了我啊。」崔佛向沙發跨了一大步。顯然有些事情我不知情。他說：「你說夠了嗎？」

老傢伙在原位吐氣。屋裡其他處漆黑死寂，像入夜的醫院。過一會兒，他以奇特的高音嗚咽說：「寶貝，我把你養得很好。」他的指頭不安敲擊扶手。情境喜劇裡的人物在他滑順的頭髮上跳舞。

我彷彿看到崔佛點了一、二下頭。也可能是電視光線作祟。

老傢伙聲音抖顫：「你就像詹姆斯。沒錯。我知道。你是個燒人的，你會燒毀他們。瞧見沒？那是尼爾・楊。傳奇。鬥士。崔佛，你喜歡他。」他指指走道上的海報，此時，大門靜悄在他背後關上。我們溜入凍寒空氣，走向自行車，背後，老傢伙的聲音還在悶嗡。

人行道飄在我們的輪下。我們不發一語。鈉燈照耀下，楓樹在我們頭頂逼近，鮮紅，無風。能夠擺脫老傢伙，很好。

我們沿康乃狄克河騎車，夜色降臨，橡樹頂月亮初露，邊角模糊，因為今秋天氣異常暖和。我們右邊的河水湍急起白泡。有時，二、三個星期無雨，河底沉屍會浮上來，慘白的一瞥，肩膀輕觸河面，岸邊燒飯的人家會停下動作，小孩靜默，接著有人大喊：

「我的天，我的天。」然後有人打一一九。有時是假警報：生鏽覆滿地衣的報廢冰箱會被看成棕色人臉。有時是魚，成千上萬條無故翻肚，將河面一夜染上虹彩。

妳忙著工作，因此不像我看遍這個城市的巷弄，知曉發生的事。我們現在騎車的河這頭是所謂白人區，崔佛一輩子住在這區，有些事我見過，他從沒注意。我見過收容所街的燈，那裡曾有個收容所（其實是聾啞學校）在不知一八多少年的時候起大火，燒死了一半人，直到今天，沒人知道起火原因。我知道這條街，因為我的朋友席德住在這裡，一九九五年從印度移民至此，母親以前是新德里的老師，現在拐著糖尿病腫脹的腳，沿家挨戶推銷Cutco公司出品的獵刀，週薪九十七元，現金。還有卡尼諾兄弟，他們老爸好像已經坐了兩輩子牢，因為在州警巡邏車前，以時速七十飆限速六十五的九一公路。哦，當時車裡還有二十包海洛因，駕駛座下還有一把格洛克手槍。儘管如此啊，儘管。還有那個瑪琳，每天搭四十五分鐘公車去法明頓的西爾斯百貨上班，脖子永遠有金項鍊，耳朵永遠有金耳環，踏進街角小雜貨鋪買香菸或者奇多特辣粟米條時，高跟鞋喀喀如最緩慢最刻意的掌聲。她的喉結突出，對著朝她喊死同性戀、*homomaphedite*[21]的人豎起中指。後者則會牽緊女兒、兒子的手說：「我會殺了妳，婊子，我剮了妳，愛滋

21 此處應是作者故意錯別字，原來是要說hermaphrodite，雙性人，代表罵瑪琳的人水準不高。

病會讓妳死翹翹。妳今晚可別睡啊，別睡啊，別睡啊。」

我們經過新布列顛道上的租賃公寓。我們曾在那兒住過三年，那時，我怕街坊孩子因為我喜歡粉紅色而扁我，只能在公寓的塑膠走道來回騎有輔助輪的粉紅色腳踏車，每天至少來回一百回。每次騎到盡頭碰到牆壁，小小的腳踏車鈴鐺就會噹一聲。住在最後一間的卡爾敦先生不斷走出來大叫：「你是誰？你在這兒幹嘛？幹嘛不去外面？你是誰？你不是我的女兒！你不是命運！你是誰？」過往種種以及這棟建築早就不見，YMCA取而代之，就連原先竄出四呎高雜草的住戶停車場（從來也沒人停車，誰有錢買車？）也不見了，被推土機剷除，變成社區菜圃，上面豎了假人模特兒做的稻草人，來自布時尼爾街上一元店的棄貨。現在，闔家大小在我們以前睡覺的地方游泳、打手球，蝶泳處是卡爾敦先生孤死床上的地方，沒人發現，數星期後，整層樓臭味四溢，特種部隊才拿槍破門而入（為什麼是特種部隊，我也不知道）。一整個月，卡爾敦先生的遺物被扔在公寓後的鐵製大垃圾桶，無人聞問，一隻手繪木馬拉耷著舌頭在雨中探頭。崔佛跟我繼續騎車，穿過教堂街，那是大喬的姊姊吸毒掛點處，又穿過莎夏濫藥死的「XXX性愛大匯集」鋪後停車場，再來是傑克跟B雷布吸毒過量處，只不過B雷布沒死，但是數年後偷了聖三一學院的筆電，在郡監獄窩了四年，不准假釋。這判刑超重，尤其他還是來自郊區的白人小孩。這街上還有納丘，他在波灣戰爭失去右腳，週末在梅比爾修車廠上班，你可以看到他躺在滑板上，滑入千斤頂撐起的車子下修理。也是在這條街，某次暴風雪，有人把漂亮娃兒丟在店後日產汽車的後車廂，納丘把哭得滿臉通紅的娃兒救出，任由兩根拐杖丟在地上，兩手輕搖他，這是多年來，他光憑空氣支撐就能站立，雪花直直落，又捲上半空，雪白，朦朧慈悲，有那麼一小時，整個城市都忘了幹嘛要逃離暴風雪。

還有法蘭克林道的莫齊卡托糕餅店，我在那兒第一次吃到奶油甜餡煎餅卷，那時那刻，我認識的人都還沒死。還有某個某個夏日晚，我從公寓五樓的窗子眺望，空氣就跟今日一樣溫暖甜蜜，我聽見年輕愛侶低聲交談，聽到他們的匡威布鞋、耐吉Air Force One球鞋在防火梯上彼此磨搓，努力讓自己的身體發出另一種語言。我聽到火柴的聲音，看見打火機閃出有如九釐米或柯特手槍的火光，藉此，我們把死亡轉化為玩笑，把火渺小成卡通雨滴大小，從小雪茄菸頭一口吸入，有如吞食神話。因為到頭來，河水會一如以往上漲，淹沒一切，揭露我們所失去的東西。

自行車輻條轉動。水廠的排汙氣味刺激我的眼睛，隨即被風兒掃到身後，一如風兒帶走死者的名字。

我們穿過排水溝，將一切丟在腦後，輻條轉啊轉，帶我們更深入郊區，上了東哈特福的人行道，山火味飄下，我們腦袋清醒了。騎車時，我看著崔佛的背影以及他的

ＵＰＳ快遞棕色外套，他老爹一星期前在那兒打工，休息時海灌了六罐啤酒，半夜才在一堆木箱中醒來，被炒魷魚。月光下，ＵＰＳ夾克呈紫色。

我們騎到緬街，到了可口可樂裝瓶廠，大大的霓虹招牌在建築上閃亮，崔佛大叫：「幹他的可口可樂。終生雪碧。你娘的。」他回頭看，笑聲斷續。我也說：「耶！幹他的。」他沒聽見。

街燈消失，人行道慢慢變成草坡路肩，代表我們正在攀高，快達豪宅區。沒多久，我們便深入郊區，南葛來斯登伯里的住宅燈火開始浮現，先是橘色點滴閃爍樹後，等我們騎近了，燈火變成大而扁的金盤。那兒的人家沒有鐵窗，窗簾拉得大開，站在街上，你可以窺見屋內的閃亮水晶吊燈、餐桌、裝飾玻璃做的彩色蒂芬妮立燈。那些房子大到你看遍每個窗戶，仍瞧不見一個人影。

當我們騎上陡坡，漆黑無星的天空開闊，樹兒緩緩朝後退去，房子距離拉大。其中兩戶人家以果園為界，沿途蘋果熟爛沒人採，滾到公路的果實被過往車輛壓迸出棕紫色果肉。

我們在某個山丘頂喘息，累極。月光襯托出我們右邊的果園，蘋果在枝頭微微發光，四處掉落，發出短短的砰聲，甜膩味道直衝我們肺腑。左邊橡木林內有樹蛙急促鳴叫。我們把車子扔到地面，坐到路邊的木柵欄上。崔佛點燃一根菸，深吸，閉眼，然後把殷紅的菸頭遞到我手裡。我抽了卻咳嗽，因長途騎車而口水濃稠。香菸溫暖我的肺部，眼睛停留在眼前小山谷里的豪宅群。

崔佛說：「有人說雷．艾倫住那兒。」

「ＮＢＡ球星，對不對？」

「他以前在康乃狄克大學打球，搞不好在這裡有兩個家。」

我說：「或許住在那棟。」我的香菸指著山谷邊唯一沒亮燈的房子。要不是那房子的白邊看似史前動物骨骸，暗夜裡幾乎要隱形了。我想雷．艾倫可能不在家，忙著在ＮＢＡ打球，沒空住這裡。我把香菸遞回去。

崔佛的眼睛仍盯著那棟骨骸房子，說：「要是雷．艾倫是我爹，那就是我的房子，歡迎你隨時來過夜。」

「你已經有爸爸了。」

他把菸屁股一彈，轉頭他望。香菸落入路邊的橘色縫隙，緩緩滅去。

崔佛看著我輕聲說：「別管那老傢伙了，小鬼，他不值得。」

「值得什麼？」

「老兄，不值得為他生氣。哇，撈到。」他從外套口袋撈出迷你士力架巧克力棒：「鐵定上個萬聖節就一直擺在口袋。」

「誰說我生氣了？」

崔佛拿巧克力棒指指腦袋說：「你知道，他就是這樣，酒精上腦。」

我說：「嗯，我想也是。」樹蛙的聲音越來越遠，變小。

我們之間的靜默顯得尖銳。

「老兄，別搞他媽的沉默這一套。娘娘腔得很。我的意思是——」他忍不住挫敗嘆氣，咬了一口巧克力棒，問：「分一半？」

我張嘴取代回答，他把拇指大小的一塊放到我的舌頭，以手腕擦嘴，望向他處。

我邊嚼邊說：「咱們走吧。」

月光下，他的牙齒像灰色藥片，似乎想說些什麼，卻站起身蹣跚走向自行車。我拉起自己的車，車身已經沾了露水，就在此時，我看見了。其實，崔佛先看到，發出幾乎無法察覺的驚喘，我跟著轉身，我們就這樣靠著自行車站立。

那是哈特福。一連串閃電以我想像不到的力量在天空脈衝。或許因為崔佛的呼吸此時變得異常清晰，我開始想像氧氣從他的喉嚨衝到肺部、支氣管，血管擴張，奔竄我看不見的全身各部位。即便他死去多年，我仍不斷回到這個畫面——最基本的生命計量。

但是此刻，眼前城市盈滿奇怪的罕見光輝，好像它不是城市，而是某個神祇在天上磨利武器發出的火星。

崔佛低聲說：「幹！」他手插口袋，朝地面啐口水。

「幹！」

城市勃動閃爍。崔佛猛地自情境抽身，說：「幹他媽的可口可樂。」

我也說：「耶，終生雪碧，去他的。」那時我並不知道可口可樂與雪碧來自同一家王八蛋公司。不管你是誰、你愛什麼、你的立場如何，到頭來，都是可口可樂。

崔佛把皮卡變成廢鐵，而且沒駕照。

崔佛十六歲；藍色牛仔褲鹿血串滴。

崔佛開得很快，還嫌不夠快。

你騎著吱嘎響的施文牌腳踏車經過，崔佛在車道揮舞約翰迪爾遮陽帽。

純為好玩，崔佛把手伸進高一女孩下部然後把她的內褲丟進湖裡。

因為那是夏天。因為你的手
潮溼，而崔佛的名字就像夜裡發動的引擎。他偷溜出來只為與你這樣的男孩見面。
黃種人且近乎隱形。崔佛時速五十飆過老爹的麥田。崔佛把所有薯條都塞到華堡大嚼且
兩腳踩油門。你在副駕座雙眼緊閉，小麥如黃色彩紙屑。

崔佛的鼻子有三顆雀斑。

男孩句的三個句點。

崔佛喜歡漢堡王勝過麥當勞，因為牛肉的煙燻味吃起來像真貨。

崔佛閉上眼吸氣喘劑，齙牙磕碰吸入器。

崔佛我最愛向日葵。它們長得好高。

崔佛脖子的傷疤像逗點，語意：然後然後然後呢。
想想看長到那麼高，花朵還那麼大。
崔佛一次給獵槍填兩顆紅色子彈。
我認為這很勇敢。大大的頭，裡面都是籽，卻沒手捍衛自己。
他精瘦結實的手在雨中瞄準。
他摸摸黑舌狀扳機，扣擊時，你發誓幾乎舔到他的手指味
崔佛瞄準陷於黑泥只剩一隻翅膀掙扎的麻雀
視之為全新體驗。就像冒煙的字。就像崔佛
半夜三點來敲窗，你以為他在笑，直到你發現他咬在嘴裡的刀。我做的，我幫你做
了這個，突然那把刀就到了你手中。崔佛後來
在灰色清晨現身門口，抱著頭。他說，我不想啊。他在喘氣。他的頭髮抖動。模模
糊糊。他說，拜託，告訴我，我不是。他雙手握拳指節猛敲嘴唇發出不，不，不的聲
音。你往後退了一步。他說，拜託你說我不是，我不是
死玻璃。我是嗎？我是嗎？你是嗎？
崔佛是獵人。崔佛是肉食動物。崔佛是鄉巴佬紅脖子，絕不是
娘炮，絕不是坐副駕的，不是神射手，水果或仙女[22]。崔佛吃肉但絕不吃

小牛肉。絕不吃小牛肉。幹，絕對不再吃。七歲時，他老爹端上迷迭香烤小牛肉，
就在飯桌上說小牛肉怎麼養的。小牛肉與牛肉的差別在前者是娃兒。小牛肉是牛的
娃兒小孩。牠們被鎖在跟自己大小一樣的木盒裡。身體木盒，像棺材，但是活著，
棺材是家。這些小牛肉、牛娃兒成日直挺挺站立，越不接觸外在世界，肉質就越嫩。
嫩，來自你的骨架撐不起生命的負荷。

崔佛的老頭說，我們喜歡吃柔軟的東西。眼神直瞪
崔佛的雙眼。崔佛絕不會吃小孩。崔佛就是脖子上有傷痕的小孩。一個
你此刻吻上、形似逗點的傷痕。紫紅色的勾勾連結兩個完整思想、兩個沒有主詞的
軀體。只有動詞。當你說崔佛，你指的是動作，被松針扎到的拇指按在比克打火機上、
靴子踏上
雪佛蘭褪色引擎蓋的聲音。是溼潤且活生生的你被他拉上卡車後座。

你的崔佛，你的髮色棕黑但手臂淡金的男人，把你拉進卡車。當你說崔佛，代表你
是獵物，一種他無法拒絕的傷痛，因為它是如此特別，寶貝，真貨。

你渴望自己是真貨，渴望那個淹死你的東西吞噬你，好讓你再度浮起，滿溢嘴邊。
那是接吻。

那不算什麼

要是你已遺忘。

他的舌頭在你的喉嚨。崔佛是你的代言人。崔佛說話，你感覺一暗，他的手電筒滅了，敲在你頭上，又亮了。崔佛帶你往東往西在黑暗樹林尋路。

黑暗文字——

跟身體一樣有其侷限。像小牛

在棺材屋裡等待。沒有窗子——只留一條縫透氣。粉紅色鼻子抵著秋夜，深呼吸：割草的刺鼻漂白味，瀝青與砂石路，篝火裡的樹葉粗獷甜香，分秒，距離，鄰近田野傳來母親貼近大地的糞肥味。

三葉草。檫樹。洋松。蘇格蘭桃金娘。

那個男孩。他的機油味。人的身體會滿盈。飢渴會氾濫它的載體。你以為自己的廢墟能滋養他，飽食後成為一個能讓你躲在其中的獸。

但是所有盒子到頭來都會打開，語言亦同。句子斷了，

就像崔佛瞪著你看太久，太久，而後說：我在哪裡？我在哪裡？

因為那時你嘴裡已有血。

---

22 水果（fruit）仙女（fairy）在英文俚語裡都指男同志。

因為那時卡車已撞上暮色橡樹，全毀，引擎蓋冒煙。崔佛散發伏特加酒味，腦袋輕飄，說，這感覺頗好。

太陽落到樹後，他說，哪兒也去不了。窗玻璃紅得好似你閉眼而看，他說，感覺很棒，對吧？

了無音訊兩個月，崔佛傳簡訊——

寫「求你了」，而非「拜託」。

崔佛逃家，逃離瘋狂老子。崔佛滾他媽的蛋。李維牛仔褲溼透。逃到公園。十六歲，你能逃多遠？

雨中，你在河馬造型的鐵製溜滑梯下找到他。你脫下他的結冰靴子，用嘴覆蓋凍寒的沾泥腳趾，一根繼一根。因為小時你凍得發抖，母親這麼做。

因為崔佛現在也發抖。因為他是你的崔佛。吃牛肉不吃小牛肉的美國風男孩崔佛。你的約翰迪爾。下巴血管青藍如玉：是你以牙齒循線的靜止閃電。

因為他的滋味有如大河，而或許你只剩一隻翅膀露出水面。

因為小牛安靜待在牢籠

等待成為小牛肉。

因為你記得

而回憶就是第二次機會。

你們並肩躺在溜滑梯下：兩個並排的逗點，終於不再有話語隔在你們中間。

你們爬出夏日殘骸，就像脫離母體的兒子。

小牛在木盒中等待。比子宮還狹窄的盒子。雨兒不停，刷擊滑梯，好似汽車發動引擎。夜，靜止於紫羅蘭空氣裡，一頭小牛

在木盒中踢足，軟蹄如橡皮擦，頸上鈴鐺脆響

脆響。男人身影變大變近。手拿鑰匙的男人。鑰匙是門的逗點。你的頭靠在崔佛胸膛。男人用繩牽出小牛，牠

駐足呼吸，聳動的鼻中是迷醉檫樹香。崔佛在你身旁

熟睡。呼吸穩定。雨。格子襯衫散發體溫，像小牛腰窩的熱氣，你聆聽滿天星斗下的田野鈴鐺脆響，那聲音明亮

如刀。那聲音深埋崔佛胸膛，你聆聽。

那鈴鐺。你聆聽

如動物初學人語。

第三部

我在紐約出發的火車上，車窗上，我的臉龐飄浮不肯離去，隨著美鐵疾駛切過颳風城鎮，經過一個個空地，有的堆滿汽車骨骸，有的生鏽農耕機竄地。又經過一個個堆滿腐朽木頭的後院，土堆含油泥濘，穿透十字交叉的鎖鏈圍籬，而後變硬。我們穿過一個個塗鴉後漆白又被塗鴉的農倉，窗戶破裂已久，地面早無碎玻璃，你可以一眼看進窗內，草草一瞥其中黑暗，後面的天空，以及原本的牆壁所在。剛過了布里奇波特，就能瞧見一棟木板護牆房孤伶伶矗立在兩個足球場那麼大的停車場，黃線直直畫到破爛的前廊上。

火車高速掠過這樣的城鎮，我對它們現在的認識只剩人們棄它們而去，包括我。陰霾午後，最顯眼的是康乃狄克河的燈光。我在火車上，因為我要回哈特福。

我拿出手機。一如所料，連串簡訊佔據面板。

你聽說崔？

查臉書

是崔佛，接電話啦

幹，恐怖，需要，叩偶。
偶剛知道，幹
有咪艾許莉確定
讓偶知道你ＯＫ嗎
星期天守靈
偶就知道
輪到崔掛了

毫無緣由，我給崔佛傳了簡訊：崔佛，我很遺憾，我回來了。隨即關掉手機，深恐收到回訊。

我在哈特福聯合車站下車已經入夜，站在滿是油漬的停車場，人們急匆匆跨進雨中等候的計程車。距離我第一次遇見崔佛、在農倉聆聽靜電嘈雜的愛國者隊比賽、軍隊鋼盔掉到積灰地板上，已經五年三個月。我在雨篷下等巴士，載我跨河進入那個滿載崔佛的一切而已經沒有崔佛的城市。

沒人知道我回來了。當時，我在布魯克林的市立學院上義大利裔美國文學課，突然瞧見手機上有崔佛的臉書更新，他老爸貼的，說崔佛前晚死了，他說，*我碎成兩半*。我在座位上，腦海中只有「碎成兩半」，失去一個人怎能讓存活者變成更多，一變成二。

我抓起背包離開教室，教授正在講解彼得羅迪・多納托的《混凝土中的基督》[23]某段落，停止演講，等候我解釋。等不到我的回應，她繼續授課，我飛奔離開大樓，她的聲音拋在身後。我沿著上東區、六號地鐵線，一路步行到上城區的中央車站。

我想，不是*碎成兩半*（broken in two），更像是*被碎門而入*（I'm broken into）。[24]

車內燈光讓巴士像滑行潮溼街頭的牙醫診所。後座女人操海地口音法語，不時咳嗽。她身旁的男士——丈夫，兄弟？——甚少說話，偶爾「嗯嗯」或者說「沒事沒事」。高速公路上，十月樹木模糊掠過，樹枝抓破紫色天空，間夾其中的是無聲城市的霧中路燈。我們穿過一座橋，路旁加油站的霓虹燈光在我腦袋上搏動。

當巴士內恢復黑暗，我低頭看大腿，聽到他的聲音。*你應該留下來*。抬頭，我瞧見他的皮卡頂皮破裂，黃色泡棉爆出，而我回到副駕駛座。那是八月中，我們停在韋瑟斯菲爾德的「城線簡餐館」外。周遭暗紅，或許我記憶中與他在一起的夜晚都是這種顏色。威脅。

他的眼神越過停車場，臉上有機油漬，剛結束在賀本的賓州機油打工。他說：「你該留下。」但是我們均知我要走了。我要去紐約念大學。此次碰面即在說再見，抑或，只是並肩而坐，與現時現刻和曾有的親密告別，男人，就該如此。

我們本來打算進餐館吃華夫餅，他說是「緬懷往日」，到了店外，兩人卻都不想動。餐廳內，一位卡車司機獨坐吃一盤蛋。另一邊，一對中年夫婦擠在卡座，笑著，對著面前超大的三明治比手畫腳。一名女侍穿梭兩桌。雨滴落下，窗玻璃扭曲，只能瞧見他們的陰影、顏色，好似印象派畫作。

他瞪著餐館內浮現的人影說：「別害怕。」他的聲音溫柔，牢牢將我釘在座位，釘在這個浸雨城市。他說：「你很聰明，到了紐約，絕對可以大殺四方。」話語似乎未完，我這才發現他嗨了，也才看到他上臂的瘀青，針頭蹂躪處血管浮脹烏黑。

女侍站起身為卡車司機熱咖啡，我說：「好的。好的，崔佛。」彷彿接下了他的任務。

他幾乎笑了：「瞧他們老成這樣，還在拚命努力。」

我轉身問他：「誰？」

「那對夫婦，他們還努力追尋快樂。」他口齒不清，眼睛灰黑如槽底髒水。「雨大

---

23 彼得羅迪・多納托（Pietro di Donato, 1911-1992）是美國作家，也是砌磚工人，他的《混凝土中的基督》（*Christ in Concrete*）描寫砌磚父親的生平與時代，他的父親死於建築崩塌。此書被視為美國移民文學經典。

24 作者此處是以諧音in two與into做文章。失去的感覺不是一變二，而是被碎裂而入。

得跟鬼一樣，他們還外出吃沒烤透的魯賓三明治，努力讓一切正常。」他朝空杯吐口水，發出疲憊短促的嗤笑：「打賭，他們總是吃這種三明治，沒別的。」

毫無緣由，我笑了。

他往座椅一靠，腦袋垂到一邊，擠出一個「來吧」的笑容，開始解李維牛仔褲的皮帶扣。

「別這樣，崔，你嗨高了。別，好嗎？」

「我以前討厭你只叫我崔。」他兩手一垂，掉落膝頭，好像離土的樹根：「你認為我廢了？」

我轉過頭喃喃說：「沒。」我的額頭抵住車窗，雨滴穿越我飄浮停車場的倒影，說：「你就是這樣啊。」

我不知道這會是我最後一次見到他，餐廳的霓虹頂蓋將他脖子傷痕映成藍色。再度看到這個形如逗點的小傷疤，再度吻上去，讓我的陰影將它放大成被我嘴唇封印的區域，均勻變黑變大，傷痕不再凸顯。一個被嘴唇自然形成的「句點」覆蓋的「逗點」。媽，這難道不是世間最悲慘的事？逗點被迫成為句點。

他沒轉頭，說：「哈囉。」由於太多朋友死於濫藥，此次見面一碰頭，我們就決定彼此不說「再見」或「晚安」。

我望著手背回答：「哈囉，崔佛。」讓它停留其中。公車引擎轟然震動，後座女人咳嗽。我被拉回車內，瞪著前座的藍色網狀紋路。

我在緬街下車，立即前往崔佛家。我急匆匆有如已經遲到，得趕時間。但是崔佛不再是個目的地。

我領悟時已太晚了，不告現身一個死去男孩的家，接受他哀痛老父的接待有何意義？我還是繼續走，抵達哈里斯街與木蘭街轉角，出於習慣或者執念，我轉進公園，穿過三座棒球場，靴底泥土泥濘新鮮。雨珠從髮際落到臉面與襯衫領口。我匆匆趕往公園另一頭的街道，彎入標示此路不通的巷弄，房子就矗立那兒，雨兒灰濛幾乎抹去它的邊角，讓它與天氣同一色。

站在門前，我掏出背包裡的鑰匙，轉開門。快午夜。屋內的暖熱混合舊布料的味道籠罩我。一片寂靜。起居室電視開著，設定無聲，藍光淹沒空蕩的沙發與半包吃剩的花生。我關掉電視，上樓，轉向房間。房門半掩，貝殼夜燈光線流洩。我推開門。妳躺在幾條毯子疊起的墊子，不在床上，而是地上。美甲坊工作讓妳的背嚴重緊繃，床鋪太軟，不夠支持妳的關節一夜好眠。

我爬到妳身邊，躺在墊子上。頭上的雨水滴落沾汙白色床單。我面對床，與妳背靠背。妳驚醒。

「什麼？你幹嘛？我的天，你溼透了……你的衣服，小狗，怎麼？發生什麼事？」

妳坐起身，把我的臉轉過去面對妳：「發生什麼事？」我搖頭，愚蠢微笑。

妳尋找答案，摸索我的口袋，伸入我的襯衫，看我是否受傷。

妳慢慢躺回那一側。我倆間的空隙窄小冰涼如窗臺。雖然我最想的莫過於傾吐一切，還是轉過身。

躺在妳身邊，就是這樣的時刻，我羨慕文字能夠企及而妳我永遠不能的事。文字光是直挺挺站在那兒，做自己，就能表述自己。想像我躺在妳身邊，我的整個身體、每個細胞都輻射出單一且清晰的訊息，想想看我能以「字」的型態貼在妳身側，而非寫作者。

崔佛曾經告訴我一個詞，畢福先生教他的。韓戰時期，畢福先生在夏威夷當海軍。那個詞是熔岩原孤丘（kipuka），火山爆發熔岩流經而未能覆蓋之處，形成孤島，小型災難的倖存物。在熔岩流下山、燒炙所經之處的苔蘚前，這塊地毫不出奇，只不過是無垠綠野的一小片。只因熬過災難，才得到屬於它的名字。躺在妳身邊，我不禁希望我們是熔岩原孤丘——自身災難的餘殃，因而清晰得見。但是我知道不可能。

妳溼黏的手放在我的頸背：薰衣草乳液香味。雨兒沿著雨槽敲擊全部屋簷。「小狗，發生什麼事？你可以跟我說。你嚇到我了。」

「我恨他，媽。」我低聲講英語，明知這些字將妳阻擋於外：「我恨他，我恨他。」

然後我哭了。

「拜託。我不知道你說什麼。怎麼啦？」

我的手朝後握住妳的兩根指頭，臉兒緊緊貼向黑暗的床縫。床底遠方靠近牆邊，手兒不及處，空水瓶旁有隻孤伶伶的積灰襪子。哈囉。

親愛的媽——

讓我重來一遍。

我寫，因為時辰已晚。

因為現在是九點五十二分。星期二。代表妳剛結束打烊最後輪班，正步行回家。

我沒跟妳在一起，因為我正在抗戰。這麼說吧，因為現在已經二月，總統打算遣返我的朋友們。很難解釋。

這麼久以來，我第一次想要相信天堂，一切炸毀（平靜）後，妳我可以相聚的地方。

人們說，每片雪花都不同，風雪卻一視同仁覆蓋我們。一位挪威朋友告訴我，某個畫家在暴風雪時外出，尋找他想要的某種綠，一去不回。

我寫給妳，因為我不是要離去，是要返回，雙手空空。

妳曾問我，作家是幹什麼的？容我解釋。

我有七個朋友已經過世。四個濫藥。五個，如果包括使用了成分不好的吩坦尼，而後開著日產汽車，飆速九十翻車而死的夏韋爾。

我不再慶祝生日。

請跟我一起走長路返家。先在胡桃街左轉，妳會看到波士頓超市。結束菸田工作，十七歲時，我在那兒打工了一年。福音派老闆的鼻子毛孔巨大，午餐麵包屑都會卡在上面。他連一分鐘都不讓我們喘氣，一口氣上七小時班，我餓到只能把玉米麵包塞到店裡統一發派的黑色圍裙裡，跑到打掃工具間鎖上門偷吃。

我認識崔佛的前一年，他十五歲，在林裡玩越野車跳躍，摔斷腳踝，開始服用疼始康定。

普度藥廠在一九九六年開始大量生產疼始康定，麻醉劑，基本上是把海洛因變成藥片。

我從未想過要著作「等身」，只想在作品裡保存這些活生生被排除的「身體」[25]。

要嘛接受，要嘛拉倒。我說的是身體。

在哈里斯街左轉，那年夏天大雷雨燒毀的房子，現在原址只剩鎖鏈圍起的空泥地。

真正的廢墟不書諸紙面。譬如外婆在鵝貢時認識的女孩，她的拖鞋是破輪胎做成，來自燒毀的吉普車，越戰結束前三星期，她死於轟炸。她是無人能清晰指認的廢墟。一個沒有位址的廢墟，跟語言一樣。

服用疼始康定一個月，崔佛的腳踝好了，卻也成為徹頭徹尾的毒鬼。

世間之物，恆河沙數，凝視獨樹一格：凝視某樣東西即是讓它充滿你的生命，無論多麼短暫。十四歲生日過後某一天，我躲在林裡廢棄校車的座位間，用條狀古柯鹼填滿我的人生。我注視座位剝落的皮面，一個白色字體的**I**閃閃發亮。這個**I**進入我的體內，變成彈簧刀，劃開某個東西。我的胃整個升起，卻已太晚。短短幾分鐘，我變得龐大。這代表我體內屬於怪獸的部分變大、變得熟悉，熟悉到我想要它，甚至親吻它。

事實是：我們永無饜足。不過，妳早知道了。

事實是：我來此，希望找到留下的理由。

---

25 作者此處使用雙關語，他說我從不想要建立 a body of work，只想在 work 裡保留 body。Body of work 原意是指一個作者的全部作品，此處勉強翻譯為「著作等身」求取與「身體」對應。

有時，那些理由微不足道：譬如妳總把義大利麵講成以大理麵。

時節已晚，冬寒崛起，代表沿著全國的河岸，自殺字條暴增。

記住這話。

人們說，好景不常在。事實是，他們畏懼愛已不在人還在。

妳在嗎？還在回家路上？

人們說，好景不常在，寫給妳的這封信，來自瀕危動物的敘述。

事實是，獵人箭矢未至，我已擔心成為獵物。

記住我的話沒錯。到時再告訴我哪裡痛。

在哈特福時，我常夜間獨自散步。無眠夜，我穿衣，爬出窗外，開始走。

有些晚上，我聽到垃圾桶後面有瞧不見的動物穿梭。有時，頭頂風兒突然狂掃，樹葉紛落，那是遠處楓樹的枝幹掉落碎屑。多數時候，人行道只有我的腳步聲，以及伴隨新雨水氣上升的老舊瀝青味、星光黯淡下的棒球場泥土味，或者踏上公路中線時，綠草拂過范斯鞋底的氣味。

某晚我聽到不一樣的聲音。

聲音來自公寓底層的黑暗窗戶裡，一個人說阿拉伯語。我認得阿拉二字。我知道他在禱告，因為他的聲音高揚，好像舌頭是這個詞所能舉起的最小手臂。我坐在人行道邊石，想像這個詞飄浮男人腦頂，期待它鏗鏘落地，我想要那個詞落下，就像螺絲掉落斷頭臺，但是它沒。男人的聲音越拔越高，隨著聲聲竄高，我的手越變越紅。我看著自己的皮膚色澤加深，最後，一抬頭，天已破曉。結束了。血色光線，我嗨了。

晨禮：日出前的禱告。先知穆罕默德說：「同眾禮晨禮者，猶如禮了一夜拜。」

我希望那些無目標的漫步夜就是我的祈禱。祈求何物，我不知。但是我總覺得目標就在不遠處。如果我走得夠遠，夠久，便會尋得——甚至將那物高高舉起，一如語聲之末的舌頭。

疼始康定一開始是給化療中的癌症病人止痛的。但是沒多久，疼始康定與它的各種學名藥便被廣泛處方來治療各種疼痛：關節炎、肌肉痙攣、偏頭痛。

崔佛酷愛電影《刺激一九九五》（*Shawshank Redemption*），崔佛酷愛「開心牧場人」糖果、「決勝時刻」遊戲，以及他少了一隻眼睛的邊境牧羊犬蔓蒂。崔佛是那個某次氣喘發作，彎腰喘氣說：「我想我剛剛深喉嚨一支隱形雞巴。」我們笑到瘋了，好像那並非十二月，我們也不是剛去換完針頭[26]正躲在高架橋下等雨過去。崔佛是個有名有姓的男孩。崔佛想要到社區大學讀復健。崔佛孤獨在房內死去，只有齊柏林飛船的海報圍繞。崔佛只有二十一歲。只有。

我後來得知崔佛的死因是海洛因加吩坦尼過量。

有次在寫作坊，一位白人問我毀滅是不是藝術的必要條件。他問得誠懇，傾過身來，金色刺繡「終身越戰退伍軍人」（'Nam Vet 4 Life）的帽子下藍色眼珠閃亮，連結氧氣筒的鼻管嘶嘶響。我對待他就如同對待所有白人退伍軍人，想像他可能是我的外祖父，我說：「先生，不，藝術不需要毀滅。」我不是確知答案，而是行諸於口，有助自己相信。

為什麼用來創造的語言不能用以再生？

我們說，你那首詩棒「死」了。你真是殺手級哩。這小說一開始就火花四射。我正在搞定這句子，我要一錘定音。我征服整個寫作坊。我正中目標。海扁他們。痛宰

26 Needle exchange，有些毒癮者的安全屋，可以拿用過的皮下注射針頭去換新針頭。

對手。我與繆思角力中。人之國度（state）乃殺戮國度（battleground state）。受眾乃標靶。某次派對，一人對我說：「老兄，幹得好，你的詩真是大殺四方，打趴眾人哩。」

一日下午跟蘭看電視。七彩螢幕上，一群野牛排成一線轟然猛衝跳下山崖。蘭張大嘴，問：「牠們幹嘛殺死自己啊？」跟往常一樣，我立刻掰出理由：「牠們不是故意的。外婆。牠們只是跟隨家族行動。如此而已。不知道那是懸崖。」

「或許那兒該設個停標誌。」

我們街區有許多停標誌。以前不是這樣的。是街尾有個名叫瑪莎的胖女人，留著狼尾剪搭配厚瀏海的牛仔寡婦髮型。她會瘸著不好的那條腿，挨家挨戶收集簽名，請願豎立停標誌。站在你家門口告訴你，她有兩個兒子，希望孩子們在街上玩很安全。

她的兒子叫凱文與凱爾，凱文比我大兩歲，海洛因過量而死。五年後，凱爾也濫藥死。之後，瑪莎搬去考文垂與妹妹同住拖車屋營地。我們街區的停標誌仍在。

事實是，如果你不想死就不會死。

開玩笑的。

妳還記得某天早晨，經過一夜雪，我們發現大門被人噴了紅漆寫「一輩子都是玻璃」。

陽光停留屋簷冰柱，一切看起來美好，即將碎裂。

妳沒穿外套，抖顫問：「什麼意思啊？」我指著門說：「它寫聖誕快樂，媽，妳瞧，所以是紅色，喜氣。」

人們說，毒癮或許與躁鬱症相關。腦部化學變化所致。媽，我腦內的化學不對。或者該說，某樣元素過多或過少。這有藥可對付。還建立了一整個企業。賺進大把鈔票。

妳知道有人因他人的哀傷而致富嗎？我想認識這位「美國哀傷」百萬富翁。我想看著他的眼睛，握他的手，說：「我能為國奉獻真是榮耀。」

問題是，我並不想讓自己的哀傷「他者化」，快樂亦如是。哀傷或快樂，統統屬於我。媽的，出自我的製造。如果我感受的狂喜並非「躁鬱症發作」，而是努力獲致呢？如果我進門發現今晚吃披薩，我開心得上下蹦跳、用力親吻妳的脖子，因為有時晚上吃披薩就夠美好，是我最可靠與脆弱的燈塔。如果我奔出門，只因為今晚的月亮如童書所繪，大到不可思議，高掛松樹梢頭，而此時此景就是某種靈藥呢？

這就像妳原本面前只有懸崖，突然，一座明亮的橋平地而起，妳快速奔上去，知道過了橋，遲早還會出現懸崖。如果哀傷就是我最殘酷的導師呢？其中的教誨永遠是：你不必成為野牛。你可以停。

電視上正在播戰爭，某男人說：「戰事稍緩。」

我邊吞藥丸邊想，是啊。

事實是，我的身體就是我的奮不顧身。

某個金髮男孩的踝骨一度涉入水中。

這個句子閃現綠光，你瞧見了。

事實是，我們能超越生命，皮囊不行。但是妳也早就知道了。

我沒試過海洛因，因為我怕針頭。當我拒絕崔佛的提議來一管，他咬緊手機充電線，束緊手臂，朝我腳邊點點頭說：「你的衛生棉掉囉。」然後他眨眼微笑，淡入他為自己編織的夢。

普度藥廠花了數百萬美元廣告費，遊說醫師疼始康定很安全，是有效止痛又「抗成癮」的藥物。該公司宣稱只有不到百分之一的使用者成癮。純屬謊言。到了二〇〇二年，非癌症使用的疼始康定處方暴增近十倍，總銷售超過三十億美元。

如果藝術不是以量計，而是以它激起的波瀾呢？

如果我們不去計量藝術呢？

國歌的唯一好處是演奏時，我們已經站起身，隨時可逃。

事實是，在毒品與無人飛機兩項上，美國的確合眾為一。

我第一次看到男性裸體，他看似永恆不滅。

那是我的父親下班換衣服。我很想抹掉這個回憶。但是所謂永恆就是無法收回。

我跟上帝說，讓我待在這兒直到尾聲，稱此兩不相欠。

我對自己說，讓我把影子綁在你的腳上，稱此為友誼。

房內的揮翅聲吵醒我，好像鴿子飛入敞開窗戶，振翅拍擊天花板。打開燈，眼睛適應光線後，我看到崔佛躺在地板，球鞋猛踢五斗櫃，全身癲癇抖動。我們在地下室。我們正在奮戰。我抬高他的頭，他嘴角的泡沫滴到我的手臂，我狂叫他的父親。那晚在醫院，崔佛保住一命。這已經是第二次。

恐怖故事：崔佛死後四年，一晚，我閉上眼睛竟然聽到他的聲音。

他又在唱〈我的這道微光〉，依照他慣常的方式——話題空白時突然冒出來，他的手伸到雪佛蘭窗外，在褪色的紅漆上拍打節拍。我躺在黑暗中默念歌詞，直到他再度出現——年輕，溫暖，充實。

今早現身窗臺的黑色鷦鷯是發黑的梨。

其中沒啥深意，但是妳早就明白了。

媽，在這裡右轉，釣餌漁具店後方有塊空地，有年夏天，我在這兒看崔佛給浣熊剝皮，用畢福先生的史密斯威森獵槍打到的。他皺眉使勁讓浣熊破皮而出，他的牙齒因久用毒品而泛綠，像白日裡閃亮的小夜星。卡車後座的黑色破皮面隨風翻。數呎外，一雙沾灰的眼珠驚慌死瞪新主宰。

聽見沒？威里斯街聖公會教堂後面，風兒吹動河面。

高潮過後的平靜堪稱是我最接近上帝的時刻。那晚，崔佛睡在我身旁，我不斷看見浣熊的眼睛，因為整個頭顱沒了，雙眼無法合閉。我希望人類也一樣，即便生命不存，依然能看。我希望我們永不閉眼。

妳和我，是美國人，直到我們睜開雙眼。

妳冷嗎？妳不覺得奇怪嗎？所謂取暖，基本上就是把自己弄到脊髓的溫度來觸摸身體。

他們希望你成功，但是不可超越他們。他們會在你的狗鍊上寫下名字，稱你為不可或缺，迫切需要你。

我在風中學到「前進」這個詞彙，就是迂迴繞過障礙，依然達到目的。相信我，就算你揚穀去糠，你還是跟某個農場男孩手背上的古柯鹼粉末一樣，無名。

為何每次我的手打痛自己，它們就更屬於我呢？

現在穿過豪斯街公墓。那裡的墓碑陳舊到字跡有如咬痕。最古老的墳墓埋著瑪麗—安・考德（一七八四—一七八四）。

畢竟，人世停留只有一次。

崔佛過世三星期，粗陶器裡的三朵鬱金香讓我思緒為之停頓。我突然醒來，依然惺忪，誤將花瓣上的曙光當成花朵自放光芒，我爬近杯狀花朵，以為我見到奇蹟——屬於我的燃燒叢林。當我靠近，腦袋遮住陽光，鬱金香關燈了。我知道講這些，也不算什麼。但是有些「不算什麼」會永遠改變之後的事。

在越南，思念某人與記得某人同一字：*nhớ*。有時妳在電話裡問我 *Con nhớ mẹ không*？我畏縮了一下，以為妳說你還記得我嗎？

我想念妳勝過我記得妳。

人們會告訴妳，所謂政治化只是憤怒，因此，毫無藝術價值與深度，「粗糙」且空洞。提及政治化就難堪，好像那是聖誕老人與復活節兔子。

他們會告訴妳，好作品就是「擺脫」政治，因此，「超越」差異的障礙，連結人們通往普世真理。想達到這個境界，技巧最重要。他們會說，讓我們看看它是怎麼辦到的，好像原始的創造衝動與組織技巧毫不相關。好像椅子的誕生完全沒想到人體的需求。

我知道。笑聲（laughter）一字困在殺戮（slaughter）裡，實在不公平。

我們必須把它們切開。就像新生小鹿血淋淋、顫抖抖離開剛被射殺的母體，被高高舉起。

古柯鹼搭配羥考酮會讓所有東西加速，卻又保持同速。就像妳在火車上瞧著霧濛濛的新英格蘭田野，經過維克多表親工作的柯特磚製廠房，看到它的黑色煙囪與火車平行，好像它在跟隨妳，就像妳的出身與妳兩不分離。我發誓，汲汲於留住快樂，反使快樂流失。[27]

一晚，我們騎了兩小時車到溫莎市郊搞毒品，然後坐在小學景觀遊戲區裡河馬溜滑梯對面的鞦韆，橡膠鞋底冰涼。他開始注射。我看他拿火烘烤塑膠貼片，直到上面的吩坦尼開始冒泡，在貼布中央變成黑色黏膠。當塑膠貼布受熱四角捲起變成棕色，他停止烘烤，拿出針筒吸取透明液體，液體馬上超過針筒的黑色橫刻線。他的球鞋磨過木屑。

27 作者注：「汲汲於留住快樂，反使快樂流失」源自佛教禪宗探討快樂與恆久的理論，二〇一六年，Max Ritvo 在 Divedapper.com 的訪問裡提及。譯者注：Max Ritvo（1990-2016），美國詩人，二十六歲時死於尤文氏惡性腫瘤。死後詩作集結出版《四世輪迴》（*Four Reincarnations*），頗受好評。

黑暗中，紫色河馬張大嘴讓你爬進去，看起來像撞毀的車子。崔佛說：「小狗啊。」從他含糊的口音，我知道他已閉上雙眼。

「怎？」

他的鞦韆繼續吱嘎響，說：「他們說的是真的，對吧？你認為你會是真同志嗎？我的意思是永遠。」他停住晃動鞦韆，說：「我認為我……過幾年就好了，你明白嗎？」

我無法判斷「真同志」是指「非常娘」還是「真正的同志」。

我說：「大概吧。」不確定自己的意思。

他笑說：「真是瘋狂。」那是用來打破厚重沉默的假笑。他的肩膀逐漸放軟，藥物穩定運行全身。

突然有東西撫過我的嘴唇。我吃一驚，還是張口含住。崔佛塞了一根香菸到我嘴裡，點燃。火焰映照他明亮充血的雙眼。我吞下甜蜜辛辣的菸味，忍住眼淚——我贏了。我注視星星以及少量的藍白磷火，狐疑人們怎麼會說夜是黑的。

街角號誌閃黃燈。午夜後，鎮上的號誌燈全如此。彷彿忘記自己為何豎立街頭。

妳問當個作家是什麼感覺，我講得一團糟，我知道。媽，實情如此，我沒胡扯，而是貶抑。撇開那些胡說八道，寫作到頭來就是盡量蹲低，讓世界慈悲呈現另一個角度，小事物構成的大視野，譬如角落的一團毛灰塵突然變成一大片濛霧，與眼角齊大。如果你直視它的核心，會看到法拉盛區二十四小時營業的三溫暖裡面的厚蒸汽，有人伸手碰觸我，撫摸我鎖骨上方的凹槽。全程我沒看到那男人的臉，只瞧見金框眼鏡漂浮霧裡，以及那個觸感，天鵝絨般的暖，行遍體內。

所以這就是藝術嗎？我們自以為是被內心感受觸動。到頭來，卻是期望別人找到我們。

當胡迪尼在倫敦競技賭場（Hoppodrome）表演，沒法逃脫鐐銬，他的太太貝絲給他長長的深吻，順便把救命的鑰匙交給他。

如果天堂真實存在，應該就是這樣。

前幾天，我莫名其妙谷歌搜尋崔佛的名字。根據白頁通訊目錄，他還活著，三十歲，住家僅離我三點六哩。

事實是，回憶並未忘懷我們。

翻過一頁書，就像舉起只有一邊的翅膀，未能飛翔，心還是「動」了。

有一天我清理衣櫥，在Carhartt牌夾克口袋裡找到「開心牧場人」糖果。崔佛車裡的杯架總是擺這種糖果。我拆開，捏在手指間，我倆的聲音記憶封存其中。我低語：「告訴我你知道什麼？」窗外陽光映照糖果像古老珠寶。我走進衣櫥，關上門，坐在緊實黑暗裡，把平滑清涼的糖果放入嘴裡。綠蘋果味。

我沒跟妳在一起，因為除了妳，我正在跟世界種種作戰。

生命裡，如果有人與你比肩。那叫意合。那叫未來。

我們即將抵達目標。

與其說我講的是故事，不如說我在描述船難——碎片漂浮，終於得到屬於它的地位。

在河彎處轉彎，過了底下白色噴漆寫「八號公路」的第二個停標誌。走向那棟白房子，左面白牆被公路吹來的垃圾塗成黑灰色。

樓上有扇窗子。小時候一天晚上，我醒來，窗外暴風雪。我才五、六歲，不知道世事有了時，以為雪會堆到天際，穿過天，觸碰上帝的手指，祂坐在閱讀椅上瞌睡，書房地上四散祂寫的方程式。天亮時，我們會被封閉在藍白色的死寂中，沒人需要離開。

永遠。

一會兒後，蘭找到我，或者該說，她的聲音出現在我耳內。當我看雪，蘭說：「小狗，你想聽故事嗎？我告訴你一個故事。」我點點頭。她說；「很好。很久以前。一個女人這樣抱著女兒站在泥巴路上。」她捏捏我的肩膀說：「像這樣。那女孩叫玫瑰，就是花朵的玫瑰，那是我的貝比。我抱著她，我的女兒，小狗。」她搖搖我說：「你知道她的名字嗎？玫瑰，花朵的玫瑰。是的，我站在泥巴路上抱的小女孩是個好女孩，我的貝比，紅頭髮。她的名字是……」她就這樣繼續，直到街頭一片亮白，抹去一切命名之物。

「**昔**日你我如此，更早之前，我們為何物？」必定也曾站在焚毀城市的泥巴路旁。必定也曾消失，一如現在。

也許下一世，我們會再次初見面，相信一切，就是不相信彼此能造成的傷害。或許我們會與野牛相反。我們會長出翅膀，越過懸崖，像新一代帝王斑蝶，飛回家。綠蘋果口味。

就像大雪掩蓋城市微粒，他們會說我們從未存在，我們的存活是則神話。但是他們錯了。妳跟我，真真確確。明知嘴角縫線會扯破，依然放聲大笑。

記住：所謂規則就像街道，只能帶妳前往已知之處。人孔蓋下是一塊既存大地，在那兒，迷失不是錯，只是更豐富。

所以規則是：要更豐富。

所以規則是：我想念妳。

所以規則是：微（little）比小（small）更小，別問我為什麼。

我很抱歉沒經常跟妳通電話。

綠蘋果口味。

我很抱歉總是說妳好嗎？其實我想問妳快樂嗎？

如果妳發現自己困陷漸黑的世界，請記住人體內一向這麼黑。在那裡，如世間所有定律，唯有活人的心臟才會停止。

如果妳找到自己，恭喜妳，妳保守了自己。

現在，在雷思立街右轉。如果妳已經忘了我，代表妳走遠了。回頭。

祝妳好運啊。

祝妳晚安啊。

我的老天啊。綠蘋果口味。

房間靜如照片。蘭躺在地板的床墊上。我和她的女兒——梅和妳——陪侍在旁。一條汗溼毛巾裹住她的頭頸，好像兜帽框住她嶙峋的臉蛋。她的皮膚已經放棄支撐，眼珠深陷頭顱，好像從腦袋裡窺視。她看起來像木雕，皺縮，線條深刻。唯有她最喜歡的那條黃色褪灰毛毯在胸口起伏，顯示她還活著。

妳叫了她四次，她睜開眼，尋找我們的臉孔。旁邊桌上放著我們都忘了喝的茶。就是茉莉花茶的甜香讓我驚覺掩埋在下的空氣，相較之下，多麼嗆辣腐蝕。

蘭已經躺在那兒兩星期。因為稍稍一動，瘦弱身軀就渾身刺痛，她的大腿與背長了褥瘡，發炎。大小便失禁，身下的便盆總是半滿，內臟器官已經棄她而去。我的胃糾結一團，坐在身旁為她搧涼，她僅剩的少數幾撮頭髮在太陽穴顫抖。她來回看著我們，一遍又一遍，彷彿等待我們改變。

終於她開口說話：「我全身都在燒，好像房子著火。」妳以我從未聽過的溫柔口氣說：「媽，我們給它澆水，好嗎？我們把火澆滅。」

蘭確診之日，我站在醫生雪白的辦公室，他的聲音像從水下傳來。蘭的骨骼片子貼在背光螢幕上，他指著蘭的各個部位。

我只看到一片空。

X光片顯露她的兩腿間與臀部，幾乎三分之一的上股骨和部分關節窩已被癌細胞吞噬，股骨不見，右臀全是空洞與斑駁。我聯想到垃圾場的鐵片飽受侵蝕，生鏽腐爛變薄。我湊近看。看不出消失的部分去了哪裡。一度構成骨頭的半透明軟骨、骨髓、礦物質、鹽、筋肉、鈣，都去哪兒了？

當護士在我身旁忙乎，我突然感到一股全新、單純的憤怒。我的下顎與拳頭繃緊，我要知道誰幹的。我需要有人為這個腳本負責，他應該被關在確切地點受罰。人生首次，我想要，我需要一個敵人。

診斷結論為：第四期骨癌。妳跟坐輪椅的蘭在大廳等待時，醫師把放了X光片的馬尼拉紙信封遞給我，逃避我的眼光，只說，帶你阿嬤回家吧，想吃什麼就給她吃。她大約只剩兩星期，最多三星期。

我們帶她回家，讓她躺在冰涼磁磚上的床墊，在她的身體旁堆滿枕頭，固定腿的位置。妳還記得吧？最慘的是蘭壓根不信自己罹患不治之症，到死都不信。我們跟她解釋醫師的診斷，腫瘤、細胞、轉移，這些名詞抽象到像是在描述巫術。

我們說她快死了，大概只剩兩星期，然後只剩一星期，之後是天天都可能撒手人寰。我們敦促她：「妳要有心理準備。準備啊。妳有什麼心願？妳需要什麼？想交代什麼？」她一丁點都不信。說我們只是孩子，不懂世事，等我們長大了，就會知道世界是怎麼回事。由於蘭這輩子就是靠否認與編織故事搶先人生一步，你又怎能說她錯了？

但是，痛，絕非故事。在蘭生命的最後幾天，妳出外安排葬禮事宜，挑棺材，蘭就在那兒長時間刺耳號叫哭泣：「我幹了什麼？」她對著天花板說：「老天，我幹了什麼，你要這樣糟蹋我？」我們給她醫師處方的維寇錠與疼始康定，之後是嗎啡，更多的嗎啡。

我拿紙盤給她搧風。她時而清醒時而昏昧。連夜從佛羅里達州開車上來的梅在屋內忙進忙出，煮飯燒茶，處於殭屍麻痺狀態。由於蘭過度虛弱無法咀嚼，梅只好一口口將麥片餵到她幾乎張不開的嘴。梅餵飯時，我在旁搧風，這兩個女人——母親與女兒——的背後頭髮同時揚起，前額幾乎相碰。幾個小時後，妳跟梅會合力將蘭翻身，套上塑膠手套給母親挖屎，因為蘭虛弱到無法自行排便。當妳們忙活，我就給蘭汗珠粒粒的臉蛋搧風，她雙眼緊閉。事後，躺在那兒猛眨眼。

我問她想些什麼。她好似自無眠之夢醒來，以空洞單調的聲音回答：「我曾是個女孩。小狗，你知道嗎？」

「外婆，我知道——」她沒在聽。

「我以前會將花朵別在頭髮上，在太陽底下走路。大雨過後，我走在陽光裡。花朵別在耳朵上。好溼好涼。」她的眼神飄離我說：「真是傻。」她搖頭說：「傻氣。小女孩。」過一會兒，她眼神轉回，彷彿記起我坐在那兒，說：「你吃飯了沒？」

我們試圖保存生命——儘管知道皮囊無法長存。我們餵它、維持它的舒適、幫它洗澡、餵它吃藥、撫摸它，甚至對它唱歌。照顧這些基本需求非因我們勇敢，也不是出於無私，而是和呼吸一樣，此乃我族存活的最基本行動：維持皮囊直至歲月將它拋諸於後。

我想起杜象與他惡名昭彰的「雕塑」。便斗原本是固定的常用器物，他將便斗反轉過來，激化觀者對它的感受，還進一步將它命名為噴泉，剝除該物體的既定身分，使其成為無可辨識的新型態。

因為如此，我恨死他。

我恨他，因為他證明簡單的反轉就能改變一個東西的存在，為一個已命名之物揭露新角度，利用重力即可簡單完成，而重力則是將我們固著於地球的東西。

最重要的，我恨他，因為他是對的。

因為，這也是發生在蘭身上的事。癌症不僅改變她的外形，也改變她的人生軌道。將蘭反轉，她即為塵土，就連「瀕死」（dying）也跟「已死」（dead）毫不相同。蘭生病前，我覺得反轉的可塑性非常迷人，一個物體或者人一旦被反轉，原本單一的自我便滋生更多意義。這種演化作用讓我一度自傲是「黃種、酷兒、同志」，現在卻覺得背叛。

坐在蘭的身旁，我的思緒意外飄回剛死七個月的崔佛。我回想我們第一次做愛，不是陰莖放在手裡的那種，而是真槍實彈。那是我在菸草農場第二年打工的九月。收成已全掛在農倉的一排排椽上，葉子皺縮，一度在田裡深濃肥厚的綠，而今褪成舊軍服顏色。該是燒煤加速烘焙的時候，這需要整晚有人照顧。農倉滿布灰塵的地板上，每隔八到十呎，就有一個燃燒的煤磚放在烤派的錫盤上。崔佛負責添煤，要我來陪他。我們周遭，煤磚燃燒，紅通通，風兒從木板條縫吹進來，便一閃一閃。熱氣扭曲上升至屋頂，甜膩味道膨脹。

午夜已過，我們躺在農倉地板，油燈的金黃圓光驅走四周黑暗。崔佛靠近，我期待地張開嘴，但是他沒理會，往下探，牙齒囓咬我的頸部下方。那時我還不知多年割痕可以刻得多深，不知道這男孩骨髓裡有多熱，不知道他握緊的指關節就是美國之怒，不知道他父親在前陽臺聆聽收音機喳喳播放愛國者隊球賽、身旁擺著狄恩．昆茲的精裝本小說《無畏無懼》[28]、三瓶可樂娜啤酒下肚後開始啜泣，不知道後來某個暴風雨天，他發

28 狄恩．昆茲（Dean Koontz, 1945-），美國懸疑小說家，《無畏無懼》（*Fear Nothing*）出版於一九九七年。

現崔佛昏迷於雪佛蘭卡車後座，雨水敲擊耳朵，他一路將崔佛拖過泥地送上救護車，到達病房，海洛因在崔佛血管熱烈奔騰。那時，我也不知道崔佛出院後會戒毒三個月，而後又沉溺毒海。

暑熱尾聲，空氣滯悶濃重，低拂農倉。我貼近他一日農活後陽光餘熱猶存的肌膚。他的牙齒尚未搞爛仍是象牙白，輕輕囓咬我的胸膛、乳頭與肚皮。我隨他的意。因為我已經奉獻了整個身體，再無東西可攫取。我們的衣服像繃帶紛落。

崔佛壓在我身上，掙扎踢掉腳踝上的四角褲，聲音緊繃說：「我們來做吧。」我點點頭。

他的嘴像一抹青春裂縫，說：「我會慢慢來，行嗎？我會小心。」

我既興奮又猶豫，轉身面對骯髒的地面，額頭頂在手臂上，等待。

我的短褲褪到腳邊，崔佛在我背後擺定姿勢，他的陰毛輕輕擦過我的身體。他對掌心啐了幾次口水，塗抹我的兩腿間，直到一切黏滑凝重，無可推托。

我低下頭，聞到農倉地板的泥土味，看到富含鐵質的泥地上有濺潑的啤酒漬，聽到他啐口水來回搓整根陰莖的聲音。

當他推進，我以為聽見自己尖叫，其實並沒，而是滿嘴皮膚鹹味與骨頭的感覺，因為我深深咬進手臂。崔佛還沒整個深入，立即停住，坐起身，問我還好嗎？

我對著地板喘氣說：「不知道。」

他又吐了一口，塗抹整根陰莖，說：「你可別又哭哦。現在可別哭。我們再試一次。如果不好，就停下，以後別做了。」

「好。」

他又推進，這次比較深，整個身體的重量壓向我，整根陰莖滑入。我痛到腦袋冒出白星，用力一咬，手腕骨碰到牙齒的弧線。

「我進來了，我進來了，小男人。」他像得遂心願的小男孩，聲音破成恐懼的低語吶喊，充滿驚奇，說：「我進來了。我感覺得到。幹。噢，幹。」

尖銳痛苦穿刺我的兩腿間，我叫他暫停別動，我趴在地上鎮定自己，重提勇氣。

他說：「我們繼續吧，我必須繼續，我不想停。」

我還來不及回答，他便又抽動，雙臂牢固我腦袋兩側，隨著動作，熱氣勃勃傳來。他戴著從不拿下的金十字架，不斷撩撥我的臉頰，我咬住它，不讓它晃動，舔起來有鐵鏽、鹽巴與崔佛的味道。他每次往前衝，我腦裡就爆綻白星。過一會兒，劇痛舒緩成一種奇怪的疼，無重力的麻木，像一種嶄新溫暖的季節竄遍全身。這種感覺並非來自溫柔，譬如撫摸，而是你的身體沒有選擇，只能去迎合痛，將它鈍化成一種不可思議、放射似的喜悅。我學知被人「操屁眼」可以很棒，只要你能熬過痛。

西蒙娜・韋伊[29]怎麼說的：完美的喜悅排除所有感覺，甚至喜悅，因為靈魂整個充滿，已無角落可說「我」。

當他在我身上起伏，我不禁伸手向後摸自己，確定自己還在，仍是「我」，卻摸到崔佛，彷彿戳入我，讓他成為我的新延伸。希臘人認為性源自兩個分離許久的身體企圖重返合一的狀態。我不知是否相信，感覺卻是如此：我們像是兩人共同開發一具身體，過程中，合而為一，已無角落可說「**我**」。

崔佛越來越快，大約十分鐘後，我們的肌膚吸吮溼潤的汗水，一事發生了。一股味道衝向我的腦袋，強烈深沉，像油，不對勁。我馬上知道那是什麼，頓時驚恐。慾火上身時，我沒想過也不知道該如何準備自己。我們看的春宮電影從不教人如何走到這一步。就是上了——快速，立即，篤定，無汙。沒人教導如何完成，沒人教深入到這一步，我們該怎麼做，以致碎裂難復原。

大感丟臉，我的額頭緊壓手腕，兀自搏動。崔佛放慢速度，而後停止。

死寂。

飛蛾在我們頭頂的菸草撲掠，前來吃葉子，但是殘餘農藥讓牠們咬上一口便死亡，紛墜我們身旁，跨進死亡之域的翅膀在農倉地板抖動作響。

崔佛站起身，滿臉不可置信說：「幹！」

我轉過臉，直覺衝口：「我很抱歉。」

他的陰莖頭碰觸到我體內深處黑色物，在燈光下搏動，逐漸軟垂。那一刻，我比沒穿衣服還赤裸，是整個內裡翻轉朝外。我們終於成為自己最畏懼的東西。

他低頭看著我猛喘氣。崔佛畢竟是美式男性氣概養成的肌理，我畏懼他的下一步。錯全在我。我的娘娘氣玷汙了他，因為我無能控制自己的身體，我們交媾的汙穢本質遂無所遁形。

他走向我，我跪著，半遮臉，鼓勇承受。

「舔乾淨。」

我縮了。

他的額頭汗珠閃亮。

一隻窒息的飛蛾跌落我的右膝。誇張的最後死亡卻只是我皮膚上的輕輕振動。微風吹動屋外黑夜。車聲轟轟穿過田間道路。

他抓緊我的肩膀。為什麼我早知道他會有這種反應？

我扭過臉面對他。

29 西蒙娜・韋伊（Simone Weil, 1909-1943），法國宗教哲學家、社會運動者。

「我說起來。」

我探詢他的眼睛：「什麼？」

原來我聽錯了。

他說：「來，起身啊。」

崔佛拉著我的手起身。我們踏出油燈點亮的金黃圓圈，讓它恢復原有的完美空蕩。他緊牽我的手沿著農倉走，飛蛾在我們之間撲進撲出。一隻撞上我的額頭，我停步，他用力一拉，我跌撞跟隨，來到農倉另一頭，開門進入夜色。空氣清涼，天上無星。驟然陷入黑暗，我只依稀分辨出他在無光夜裡變成灰藍的白背。走了幾碼後，我聽到水聲。水流雖柔和，已在他大腿形成白色泡沫。蟋蟀聲音變大，豐富。河岸對面的巨大陰影裡，看不見的樹木窸窣。崔佛放開我的手，潛入水裡，隨即浮上來，水珠答答滴落下顎，全身都是。

他說：「來，弄乾淨。」他的語聲出奇溫柔，近乎羸弱。我捏住鼻子潛到水裡，冷到驚喘。一小時後，我會站在家中昏暗的廚房，頭髮仍溼，蘭會噔噔走來，踏入爐灶上方夜燈照出的光圈裡，手指放在唇上，點頭說，我不會跟任何人說你去海裡，小狗。這樣，海盜的鬼魂才不會跟隨你。她會拿塊抹布抹乾我的頭髮、脖子，碰到我下顎的痘子膿皰便住手，那時痘子已經變成乾涸的血影。她說：「你去了遠方，你現在回家，你乾了。」隨著身體移動，我倆腳底地板吱嘎。

河水已到我的胸口，我揮舞雙臂保持平衡。崔佛的手放在我的脖子上，我們安靜站立好一會兒，垂頭看著河水的黑色鏡面。

他說：「別擔心那事。聽到沒？」

我身邊河水晃動，穿過兩腿間。

他的拳頭頂著我的下巴，抬起我的頭與他四目直視，這舉動通常會讓我微笑。他說：「嗨，聽到沒？」

我只是點點頭，轉身往岸邊走。我在他前面幾步，感覺他的雙掌用力推我肩頭，我往前一傾，直覺抱住雙膝，還來不及轉身，就感覺他的鬍髭先是擦過我的大腿，繼續往上。他跪在淺水裡，雙膝埋進河底泥巴。我顫抖了，相較冰冷河水，他的舌頭出奇溫暖，這個突如其來的無言舉動如膏如油，撫慰我在農倉的失敗，像是驚人的二次機會，我再度被需要。

暗夜裡，田野遠處梧桐樹後，一棟老農舍二樓某個房間有燈閃亮。農舍上方，零散的數顆星星嚙啃朦朧月河。他雙手抓住我的大腿，將我拉向他，更進一步證明他的行動。我屏住呼吸，瞪視晃動的河水。低頭瞧自己的雙腿間，看到他的下巴動啊動，完成這個動作的一向本質：慈悲。讓我再度乾淨。讓我再度完好。如果不是靠彼此的行動，人與人如何定義彼此的關係？雖然這不是他第一次這麼做，卻是首度賦予這個行動震撼性的全新力量。感覺吞噬我的不是人，不是崔佛，而是慾望。慾望回收我，我在純粹的欲求中受洗。這就是我。

當崔佛結束，手臂抹抹嘴，撫亂我的頭髮，涉向岸邊，沒回頭，對著身後的我說：「依舊很好。」

我彷彿在回答問句，重複說：「依舊。」我們回到農倉，油燈光芒漸暗，飛蛾繼續死去。

早餐後約莫十點，我坐在前廊讀書，梅抓住我的手臂說：「時候到了。」我眨眨眼，梅說：「她要走了。」我們衝進起居室，妳已經跪在蘭的身旁。蘭醒著，口裡喃喃，半閉的眼瞼下眼珠亂轉。妳跑去櫥櫃拿阿斯匹靈、安舒疼，好像到了這個時候，布洛芬還能起什麼作用。但是對妳來說，除了藥還是藥，以前管用，現在有何道理不管用？妳坐回母親身旁，雙手終於空空，放在膝頭。梅姨指指蘭的腳趾說：「變成紫色了。」她的聲音詭異平靜：「腳最先完蛋，變成紫色。最多半小時。」我看著蘭的生命逐漸脫離身體。梅說紫色，我不覺得。它們是黑色，趾尖亮棕色，其他地方黝黑，腳趾甲除外，仍是暗黃色，跟骨頭一樣。但是淹沒我的是紫色一詞以及它的豐富深沉色澤。

當我看著血色自蘭的黑色雙腳褪去，腦海浮現的卻是蔥綠包圍一簇簇紫羅蘭色。這才恍然大悟「紫色」兩字將我拉入回憶。多年前，我大約六、七歲，跟蘭走在教堂街旁一條環繞公路的泥巴路，她突然止步，大喊。車聲太吵，我聽不明。她指著分隔州際公路與行人小路的鐵圍籬，瞳孔放大說：「瞧，小狗！」我停住腳步，細看圍籬。

「外婆，我不明白，有什麼不對嗎？」

她略顯不耐煩說：「沒有。你往前，看看圍籬那一邊，就是那兒，有紫色的花耶。」圍籬另一頭，靠近公路邊，有一坨紫羅蘭色花朵，花朵不過拇指大小，蕊心亮黃。蘭蹲下身，抓住我的肩頭，眼睛與我平視，嚴肅地說：「小狗，你願意爬上去嗎？」她的眼睛縮成嘲弄狐疑，等待。我熱切點頭，我當然願意。她知道我會。

「我會把你撐上去，你就快點摘，知道嗎？」我趴在圍籬上，她抬起我的屁股。搖晃了一會兒，我攀到圍籬高處，跨騎。低頭看，馬上暈頭轉向，一大片綠色中，那些花兒顯得好小，只是淡淡一抹。車流疾駛，狂風拍髮。我幾乎哭了，說：「我不知道行不行！」蘭抓住我的腳踝說：「我就在這兒。不會讓你發生什麼事。」她的聲音壓過車聲：「如果你摔下去，我會咬破圍籬來救你。」

我相信她，跳下去，滾了一下，站起身，拍打身上塵土。蘭趴著圍籬扮鬼臉說：「用兩手連根拔起。動作要快哦，不然有麻煩。」我拔起一株又一株花，根部破土，掀起灰色團霧。我把花扔過圍籬，每部駛過的車都掀起強風，差點吹翻我。我拔啊拔，蘭將它們塞到小七的塑膠袋裡。

她揮手叫我回來：「好了。好了！夠了。」我跳上圍籬，蘭伸手，將我拉下抱入懷裡。她開始顫抖，直到放我下來，我才發現她在咯咯笑。她說：「小狗，你辦到了！你是我的獵花人。全美國最棒的獵花人！」她捧起花朵對著黑赭色天空說：「放在我們家窗前最適合了。」

後來，我才領悟冒險是為了追求美。那晚妳回家，指著盛開在骯髒棕色窗臺、觸鬚低垂餐桌的豐收，驚訝問那兒弄來的？蘭只是揮揮手，說我們在花店臺階找到的。我被玩具兵包圍，抬頭看蘭，她手指放在唇間，趁妳轉身脫外套時，對我眨眨眼。眼裡全是笑意。

我永遠不知道那些花的名字。因為蘭也不知道。直到今天，我看到小小的紫色花朵，敢說就是那天我採的。但是物無名就迷失，影像倒是清晰的。清清楚楚的紫色爬上蘭的小腿，而我們坐等它竄遍全身。妳坐近母親身旁，拂開她骷髏瘦臉上的黏纏頭髮。妳的嘴貼近母親耳朵問：「媽，妳要什麼？妳要我們做什麼？什麼都可以。」

窗外，天空湛藍嘲諷。

我記得蘭說「飯」。她的聲音彷彿來自體內深處，她說：「我想吃一湯匙飯，」她嚥口水，吸口氣說：「鵝貢的米。」

我們互看，這是不可能達成的願望。梅還是站起身，消失於廚房的珠簾後。

半小時後，她跪在母親身旁，手中一碗冒氣的飯。湯匙伸到蘭光禿禿的嘴前，冷靜地說：「媽，來。這是鵝貢的米，上星期才收割的。」

蘭嚼了嚼，嚥下，嘴角露出安心的表情，說：「真好。好甜。這是我們的米——真甜。」她下巴朝遠處點一點，而後盹著。她就只吃了那麼一口。

兩小時後，她突然動一下醒來。我們圍在她身旁，聽到一口深深的氣吸進肺部，好像她打算潛入水裡，然後沒吐氣。就這樣，她靜止了，似乎有人按了電影的暫停鍵。

我坐在那兒，妳跟梅毫無遲疑，開始動作，雙手在母親僵直的身體上游移。而我只知道抱住膝蓋，數著蘭的紫色趾頭。123451234512345。我隨著數字搖動身體，妳們的手有系統地忙乎，好像護士巡房照料病人。儘管我有知識、書本、語彙，卻只會窩在牆邊，整個失神。我看著兩個女兒以類同重力的慣性照料母親。我只會抱著我的理論、隱喻、方程式、莎士比亞、米爾頓、羅蘭・巴特、杜甫、荷馬，到頭來，這些「死亡大師」也無法教誨我如何碰觸死者。

蘭的身體清潔乾淨換了衣裳，床單移走，地板的體液抹乾，我們再度圍繞蘭。此時輪到語言主宰指涉，躺在那裡的不再是她，而是屍體。妳五指齊用，扒開蘭緊咬的牙關，梅將假牙塞進去。由於屍體僵硬現象已經開始，假牙尚未卡好，蘭的上下顎一關，便噴飛出去，哐地一聲掉落地板。妳發出尖叫，隨即用手掩住嘴，罕見地用英語罵「幹」，「幹幹幹」。妳們又試一次，這次假牙安放妥當，妳軟靠在母親屍身旁的牆壁。

屋外，垃圾車鏘鏘，按喇叭駛向巷尾。幾隻鴿子在零散樹頭咕嚕。聲音飄浮在上，妳則呆坐在下，梅的腦袋靠在妳的肩頭，幾呎外，妳們母親的屍身漸涼。然後，妳的下巴縮成桃核，臉埋進手裡。

蘭過世五個月了，骨灰罈一直安置在妳的床頭櫃。今天我們到了越南前江省，鵝貢所在省分。正值夏天，四周全是稻田，一望無際的綠如大海。

幾個黃衣僧在她光潔的花崗岩墓碑前念誦，葬禮完畢，村裡鄰居頭頂食物來供奉，白髮老者回憶三十年前的蘭，說些蘭的故事，要我們節哀。當太陽落到稻田後面，剩下的只有墳塋，土仍新，還溼，周圍擺置白色菊花，我聯絡人在維吉尼亞州的保羅。

我沒想到他要求見蘭。我拿出筆電，靠近墳墓數碼，離附近住家還算近，無線網路訊號有三格。

我就站著，手捧筆電，讓保羅面向蘭的墳墓。墓碑上嵌著蘭的照片，二十八歲，約莫他們初次相見時。這位美國退伍老兵就這樣跟他剛入土的分居越南前妻視訊。一度，我以為訊號中斷，但是聽到保羅擤鼻子，句子斷續，掙扎著告別。他對著墳墓上那張笑臉說抱歉。抱歉他在一九七一年收到母親病重的消息回維吉尼亞州。結果是誆騙他回家的局，他的母親如何假裝罹患肺結核，數星期變成數個月，直到戰事接近尾聲，尼克森總統不再派遣軍隊，美軍陸續撤退。蘭寫的信又如何被他的兄弟攔截。直到西貢淪陷前數個月，一天，一位返鄉戰士來敲保羅的門，交給他蘭的字條。說蘭跟女兒們淪陷後必須離開首都，會再寫信給他。他很抱歉耗費了那麼長的時間。當救世軍通知他菲律賓難民營裡有個女人拿著有他名字的結婚證書，要找他。那已是一九九〇年，他再婚八年了。這一大串話都是結結巴巴的越語，他在戰時學會，婚後與蘭使用的語言。最後，他的肩膀不斷聳動，語不成聲。

幾個村裡小孩跑來墳邊，好奇迷惑的眼神張望四周。我在他們眼中一定很奇怪，站在一排墳墓前，捧著像素化的白人頭像。

當我看著螢幕上的保羅，這個輕言細語、從陌生人變成外祖父又變成有如家人的男人，我發現自己所知有限，不管是對我與妳，或者對我們的國家、任何國家。今日我腳下的泥巴路，跟四十年前，蘭抱著妳面對M－十六的那條路沒啥兩樣。我一直等待我的外祖父──退休老師、素食者、大麻種植者、熱愛地圖與卡繆的男人──結束他與初戀的最後話語，才把筆電闔上。

在我長大而妳變老的哈特福，人們見面不是說「哈囉」、「你好嗎？」而是下巴一抬說：「有啥好的？」我在其他地方也聽過，但絕不像哈特福那麼盛行。在木板條封起的空蕩蕩房子、鐵絲網腐爛扭曲看似蔓藤一樣天然生長的公園兒童遊戲區，我們發明了屬於我們的詞彙。經濟失敗者專用，你在東哈特福、新不列顛也能聽見，那兒有一堆所謂的拖車房垃圾（trailer trash）的白人，全家擠在拖車營區、法拍屋的破爛前廊，釣魚線懸掛手電筒充當前廊燈，照亮裊裊香菸下疼始康定摧殘過的憔悴臉蛋，當你走過，他們喊的就是：「有啥好的？」

在我成長的哈特福，父親是幽靈，跟我爸一樣，蜻蜓點水孩子的生活。在我們那兒，阿嬤：abuelas, abas, nanas, babas, bà bigoas 才是王[30]，受創且即興端出的傲氣是她們唯一的冠冕，站在社會服務處申請油電暖氣補助，只有顫巍巍的膝蓋與浮腫的腳踝、固執的空口發誓，以及身上散發的藥妝店廉價香水與薄荷硬糖味。當她們快步走過冬日巷弄，也只能抓緊身上尺寸過大、飄沾雪花的二手店棕色大衣，她們的兒女不是在工作就是在坐牢，要不濫藥死，要不搭著橫越全國的灰狗巴士遠走高飛，夢想重起爐灶，戒斷毒癮，最終褪成家族幽靈傳奇一則。

我的哈特福一度因保險公司林立而躋身大都市，網路時代來臨，它們忙不迭搬走，紐約與波士頓吸光我們最好的人才。我的哈特福，人人有個二代堂表親加入「拉丁王幫」。我的哈特福至今巴士站還在販售「捕鯨人隊」球衣，儘管二十年前，他們就拋棄此地，變成「卡羅萊納颶風隊」。我的哈特福有馬克．吐溫、華萊士．史蒂文斯（Wallace Stevens）、哈麗葉特．比徹．斯托（Harriet Beecher Stowe），即便以他們的無窮想像力，也無能以筆墨留下我們的肉身。我的哈特福有布什耐爾劇院（Bushnell Theatre），也有美國首度舉辦畢卡索回顧展的沃茲沃思藝術學院美術館（Wadsworth Atheneum），來訪者卻多是郊區外人，等泊車小弟開走車後，便急匆匆閃入廟堂的溫暖鹵素燈光下，之後開車返回死氣沉沉、「一號碼頭」進口家具店（Pier 1 Imports）、「有機全食物」超市（Whole Foods）佔據的城鎮。我紮根的哈特福，其他越裔移民早就飛奔加州或休士頓，我們卻打造出一種生活：年復一年進出酷寒冬日，東北大風一夜吞沒車輛。半夜兩點槍響。下午兩點也槍響。在C城超市作收銀員的老婆們、女友們眼圈烏黑、嘴角破裂，抬起下巴回應你的瞪視，好像說：干你屁事。

因為被生活打趴乃眾所周知，與生俱來，就像肌膚。問句「有啥好的」代表離開原

30 分別是西班牙語、巴拉圭瓜拉尼語、印度某些地區、烏克蘭與越南文的阿嬤。

地，立刻移往喜悅。代表拋棄命定，追求例外。我們要的不是棒、屌、極佳，只是簡單的「好」。因為這就夠了，那是我們努力追求，也為彼此耕耘的珍貴火花。

在這兒，「好」是你在排水溝找到一塊錢，是你老媽有餘錢在你生日時租片電影來看，還在「簡單法蘭克」那兒買了五塊錢的披薩，把八根蠟燭插在融化的起司與香腸間。「好」是發生槍戰，而你的兄弟毫髮無傷回家，或者已經在你身旁埋頭大嚼通心粉起司。

那晚我跟崔佛爬出河，黑色水珠滴落頭髮指尖時，這也是他對我說的話。他抱著我的抖顫肩膀，對著我的耳旁說：「你不錯。聽見沒？小狗？很不錯。我發誓。你真的好。」

當我們將蘭的骨灰甕入土，最後一次拿抹布沾蠟與機油擦亮她的墓碑，妳跟我回到西貢的旅館。一進入冷氣室人的昏暗房間，妳馬上熄掉所有燈。我才跨步到一半，不知這突如其來的烏漆墨黑所為何來。當時正午剛過，仍可聽見下面街道傳來摩托車喇叭聲與噗噗聲。妳一屁股坐到床上，床兒嘎響。

妳說：「我在哪裡？這是哪裡？」

我不知該說什麼，叫了妳的名。

我說：「玫瑰。」花朵。色澤。我又重複說：「hoa hồng。」這是一種看起來總是邁向終結的花，才剛綻放，便要變成棕色爛紙。或許所有名字都是幻象。我們多常依照物的短暫樣態為它命名啊。玫瑰花叢、雨、蝴蝶、鱷龜、行刑隊、童年、死亡、母語、你、我。

當我唸出妳的名字玫瑰（Rose），才突然領悟它也是「起來」（rise）的過去式。呼喚妳的名也是在叫妳起來。妳問我一個問題，我回妳的名字，好像那是唯一答案，好像名字即為我們的所在。我在哪裡？我在哪裡？媽，妳叫玫瑰，妳已奮起。

我溫柔輕觸妳的肩頭，就像崔佛當年在河裡一樣。崔佛雖狂野，但是他不吃小牛肉，不吃牛寶寶。現在我想到那些牛寶寶，被迫與母親分離，終身困在和自身一樣大小的盒子，飽食豐腴成嫩肉。我再度想到自由，想到小牛被牽去卡車進屠宰場前，籠門會打開，成為牠一生最自由的時刻。妳我都知道，自由是相對的，有時你得到的根本不是自由，只是牢籠放到非常大，遠離你的身體，柵欄也依舊在，卻因遙遠而顯得抽象，就像把野生動物放回保留區，給牠「自由」，也只是把牠們管束在一個邊界廣袤的區域。但是我們接受這種放寬放大的自由。因為有時看不到柵欄就夠了。

與崔佛在農倉做愛，我有幾次狂喜經驗，牢籠放大放寬了，雖然我知道它並未消失。當我的五內失去控制，狂喜又變成陷阱。排泄與屎尿雖是生之證明，卻也永遠出現在死亡。當小牛終於被屠宰，驟死的力道讓大小腸大受衝擊，最後動作往往是內臟棄械、屎尿失禁。

我捏捏妳的手腕，呼喚妳的名字。

漆黑裡，我注視妳的眼睛，卻看到崔佛。這些年來，崔佛的臉蛋在我的腦海已逐漸模糊，但是我記得河水冰冷，我們顫抖著身體，在農倉安靜著衣，煤油燈照著他雙眼燃燒。我也看到蘭臨終前的眼睛，蓄積著渴求的淚水，因為全身只剩眼睛能動。也看到門栓打開，小牛衝出牢籠，進入牧人套索前放大的瞳孔。

「小狗，我在哪裡？」妳是玫瑰。妳是蘭。妳是崔佛。好似名字不只指涉一物。夜是如此深邃廣闊，極遠處卡車怠速，此時，妳可以直接踏出牢籠，我會等妳。在那兒，星兒閃耀，憑著已逝之物的光芒，妳我終於看清自己如何造就了彼此，然後彼此指稱——你不錯。

我記得那桌子。我記得，因為桌子二字從妳嘴裡吐出成形。我記得房間著火。房間著火，因為蘭提到火。我記得那火，我記得你們是在哈特福公寓裡說的。那時我們全家睡在硬木地板，裹著救世軍的毯子。我記得救世軍裡的男人遞了一疊肯德基炸雞的免費券給爸爸。我們管肯德基叫老爺爺炸雞（山德斯上校的臉印在每一個紅桶上）。我記得咬進又脆又油的雞肉，感覺像聖人恩賜。我記得所學：聖人也是凡人，只是他們的苦難廣為人知且被記述。我記得心想妳跟蘭都該封聖。

每天上午，我們出門踏入康乃狄克州的冷空氣，妳會說：「記得，別惹人注目。你可是越南人。」

八月第一天，維吉尼亞中部天空清朗，到處夏日繁茂。我們來拜訪保羅外公，慶祝我春季時大學畢業。我們在花園，第一道暮色降臨木籬，一切染成琥珀色，好像置身盛滿茶水的雪花球。妳在我前面，走向遠處圍籬，粉紅色裙子飄進飄出陰影，到了橡樹下，它捕捉到一道陰影，旋即放開。

我記得父親，應該說，我將他拼回成形，放在一個房間裡，一定有個房間的，是吧？勢必有一塊「生活」可以發生的方寸之地，不管多麼短暫，不管快樂與否。我記得快樂。那是棕色紙袋裡的銅板聲：他在科特蘭華人超市刮魚鱗的一日工資。我記得銅板倒到地板的聲音，我們的手指穿過冰涼錢幣，嗅聞銅臭帶來的希望。我們覺得富有。富有又如何等同某種快樂。

我記得那桌子。它一定是木頭做的。

微光下，花園似乎茂盛到悸動。每吋都有植物，番茄蔓結實淹沒支撐它的鐵絲織網，大如獨木舟的鍍鋅澡盆擠滿麥穗草與羽衣甘藍。還有我現在已經知道名字的花：木蘭、紫苑、罌粟、金盞、滿天星——全被夕陽鍍成一色陰影。

陽光說我們是什麼，我們難道不就是什麼？

妳的粉紅色裙子在前閃亮。妳蹲著，背部不動，仔細研究腳間的什麼。妳將頭髮拂到耳朵，停頓，更近一點看。妳我之間，只有分秒流動。

一團小蚊子懸飛，像並未遮住人臉的面紗。此處，樣樣東西都是「大鳴大放」之後終得喘息，疲憊噴吐夏日泡沫。我走向妳。

我記得陪妳走去雜貨鋪，妳捏著老爸的薪水。那時，他才家暴過妳兩次，代表還有希望是最後一次。我記得妳抱著神奇麵包與一罐美乃滋，以為美乃滋就是奶油，在西貢，只有管家與鐵門駐守的豪門大戶才吃得起白麵包抹奶油。我記得回到公寓，人人面帶笑容，美乃滋三明治湊近龜裂的嘴唇，我記得我以為我們住的是某種豪宅。

我記得心想原來這就是美國夢啊。雪花飄打窗戶，夜色降臨，我們挨著彼此四肢交錯睡覺，街上警笛呼嘯，我們肚子裡飽飽的麵包與「奶油」。

回到屋內，保羅在廚房彎腰弄青醬：肥亮的羅勒葉、大刀壓扁的蒜瓣、松子、烤到金色邊緣泛棕的洋蔥，以及明暢的檸檬香。靠近青醬碗時，他的眼鏡起霧，掙扎著穩定罹患關節炎的手，把熱騰騰的通心粉倒進調料裡。拿兩根木杓輕輕攪拌，蝴蝶結狀的通心粉便浸在苔蘚綠的醬汁裡。

廚房窗子全水氣，窗外花園景觀被空白銀幕取代。該叫男孩與他的母親進來了。保羅拖延了一會兒，注視空白畫布。這男人終於兩手空空，等待一切開始。

我記得那桌子，代表它也是記憶拼湊之物。因為有人張了嘴，以話語賦與它結構，而今我也一樣，每當我看著自己的手，就想到桌子，想到伊始。我記得手指摸過桌角，研究我想像出來的閃電與洗衣機紋路。我記得爬到桌下，查看有沒有口香糖黏在上面？有無愛侶的名字？只找到點滴血痕與碎木刺。我記得那獸，有四條腿，以我尚未學會的語言打造。

一隻被暮色染成粉紅的蝴蝶，停駐甜茅草，隨即飛走。葉刃抖了一下，靜止。蝴蝶翻飛越過後院，牠的翅膀讓我想起童妮・摩里森的小說《蘇拉》（*Sula*），書頁被我折角多次，就像蝴蝶的翅膀。一日早晨走在紐約，折角斷裂，抖飛降落冬日街頭。折角部分講到伊娃淋汽油，點火柴燒死毒鬼兒子，此舉是愛也是慈悲，我希望自己也能辦到，天曉得能嗎？

我瞇一下眼。不，那不是帝王斑蝶，只是一抹孱弱的白，等待初霜來臨時死去。但是我知道帝王斑蝶就在附近，橘黑色翅膀收起，沾了花粉、曬過太陽，準備南飛。縷縷暮色將我們的輪廓鑲成深紅。

在西貢，蘭葬禮過後的第三晚，細細的樂聲與高亢的童聲穿過旅館陽臺傳來。那是半夜兩點。妳仍躺在我身旁的床墊。我起身趿上涼鞋，出去。旅館位於巷弄裡，我的眼睛適應了牆上的霓虹光芒，往音樂聲走去。

在我眼前是一整個耀眼的夜。突然到處都是人，顏色、服飾、肢體、珠寶與亮片光芒組成一個萬花筒。小販叫賣新鮮椰子、切片芒果，以及壓成黏塊狀、放在大鐵桶蒸熟、裹在香蕉葉裡的米糕，還有甘蔗汁裝在邊角切過的小夾鏈袋，眼前就有一個男孩捧著吸，一臉開心。一個雙臂曬得黝黑的男人蹲在街頭，在手掌大小的砧板上切烤雞，熟練地刀刀落下，一片片滑雞肉遞給等候的孩童。

就著街道兩邊陽臺低垂的燈泡，我瞥見一個臨時舞臺。上面有一群穿著華麗的女人扭屁股，手上的彩色垂飾在微風中擺動，她們在唱卡拉ＯＫ。聲音奔竄整個巷弄。旁邊的白色塑膠桌放了一臺小電視，閃示八〇年代某首越南流行歌的歌詞。

你可是越南人。

我走近，睡意仍濃，覺得這個城市似乎忘記現在幾點——或者該說，忘記時間這個東西。就我所知，這不是假日，也不是節慶。事實上，這條街再過去就是大馬路，空蕩無人，沉靜如這個時辰該有的模樣。所有騷動只限這條巷弄。現在人們又唱又笑。大人搖擺身體，小孩奔竄其間，有的才約莫五歲。阿嬤們穿著窩漩紋與花紋睡衣，坐在塑膠矮凳上咬牙籤，跟著音樂點頭，只有大吼身旁小鬼時才停止。

埋於故土，蘭可是個越南人。

直到我走近，瞧見歌者的五官，強硬往前伸的下顎，突出的低眉，我才明白她們是變裝人。各種剪裁、鮮豔原色的亮片衣裳如此耀眼，好似天上星光黯淡，全被她們穿上身。

我記得父親，意指我以小小的文字禁錮他，將他獻給讀者諸君，他雙手反銬背後，頭被壓低，塞進警車。因為就像桌子，我的父親也出自那些無法在書裡滔滔而言的嘴裡。

舞臺右側有四個人背對大家。頭兒低垂，現場唯一沒動的人，彷彿被鑲嵌在某個看不見的房間。他們瞪視面前塑膠長桌上的某個東西，頭兒低垂到彷彿被斬首。過一會兒，一個白髮女人頭靠右邊年輕男子肩膀，開始啜泣。

我記得某次收到父親的獄中來信，信封皺折，邊角破損。我記得手上那張紙，上面一行又一行塗白，獄卒檢查內容所致。我記得自己猛刮那層橫梗在我與父親之間的白膜。我記得那些字。我記得桌面的核桃與閃電紋路。我記得無人房間裡的桌子。

我走近，這才看見桌上是什麼。不可思議的僵直，白布下明顯是屍體。現在四名哀悼者公開哭泣，舞臺上，歌者的假嗓劃破他們的零落哭聲。

我一陣暈眩，凝望無星的夜空。一架飛機閃紅又閃白，消失於帶狀雲後。

我記得研究父親的來信，看到一些黑色點點，那是未被塗白的句點。沉默之語。我記得心想我曾愛過的每個人都像白紙上的一個黑點。我記得畫線連結點與點的名字，形成了一個看似鐵絲網的系譜。我記得把信撕得粉碎。

之後，我得知那是西貢夜裡常見景象。該市的驗屍官經費不足，沒法二十四小時待命。如果有人半夜死了，就會碰上市政停擺，死亡鎖在屍體裡。草根行動應運而生，提供來自社區的安撫。鄰人得知驟死，會在一小時內，集資聘請變裝皇后表演團，稱之「延哀」。

在西貢，半夜裡這樣的樂聲與孩童嘻笑聲代表死亡——又或者，鄰里社區試圖撫哀療傷。

透過變裝皇后爆炸性的服飾與姿態、誇張的面容與聲音、打破禁忌的性別踰越，形成一種肆意浮誇的景觀，是撫慰，也是宣示。在一個酷兒仍是罪惡的社會，雖說只要死者仍有公開示眾的一日，變裝皇后便能為自己賦權培力，提供重要社會服務，得到報酬，卻依然是種「他者化」的表演。對喪家而言，他們迫切需要變裝皇后的「可靠虛假性」，因為，極度的哀傷超脫現實，需要超現實的回應。在這種情境下，變裝皇后是獨角獸。

在墳墓上跳舞的獨角獸。

我記得那桌子。記得火焰舔上桌角。

我記得我的第一個感恩節，在朱尼爾家。蘭做了一盤春捲讓我帶去。我記得一屋子約莫二十來人。人們大笑拍桌。我記得盤子裡堆滿食物：馬鈴薯泥、火雞、玉米麵包、豬腸、綠蔬、地瓜派，還有春捲。大家沾醬吃，讚美蘭的春捲，我也沾醬吃。

我記得朱尼爾的媽媽拿黑色圓盤放到一個木製機器上，圓盤轉啊轉，樂聲洩出。我記得那音樂是一個女人在哀鳴。我記得每個人都閉上眼睛，歪著腦袋，好似傾聽祕密。我記得自己當時想，我在我媽跟阿嬤那兒聽過這個。是的。我還在子宮時就聽過。那是越南搖籃曲。搖籃曲都以哀鳴開場，好似苦痛無法以他種方式逃逸身體。我記得自己搖擺身體聆聽阿嬤的聲音從那機器哀鳴而出。我記得朱尼爾的父親拍拍我的肩頭說：「你知道伊特．珍（Etta James）哦。」我記得快樂。

我記得在美國上學第一年，戶外教學去農場，之後，札帕底亞先生給我們一張黑白色乳牛複製圖，說：「畫上你今天看到的顏色。」我記得看到農場的乳牛好哀傷，在通電圍籬後面低垂大大的腦袋。因為我只有六歲，記得顏色代表快樂，所以我拿出蠟筆盒裡最鮮豔的顏色，為我的哀傷乳牛塗上紫色、橘色、紅色、紅褐、洋紅、白錫、紫紅、銀灰與萊姆綠。

我記得札帕底亞先生大呼小叫，鬍鬚顫抖，毛茸茸的手一把抓住我的彩虹牛捏扁，說：「我說你**看到**的顏色。」我記得我得重畫。我記得我放著乳牛空白不塗，瞪著窗外。我記得窗外天空湛藍無情。我記得身處同儕間——非現實。

在那個街頭，靜止的死人似乎比生者還有生氣，旁邊陰溝廢水淙淙，持續散發臭氣，我的視線模糊了，眼瞼下五顏六色。路過者以為我是喪家一員，同情地點頭。我揉臉，一名中年男子抓住我的脖子，這是越南父執輩常做的打氣動作，他說：「哎，哎，你還會再見到她。」酒精刺激撕裂了他的聲音：「你還會見到她，」用力拍我的頸背：「別哭。別哭。」

這個男人。這個白人。這個推開花園木頭門，鐵鎖在身後哐噹的保羅不是我的親生外公，但待我如孫。

當年那麼多男孩躲避徵兵，逃至加拿大，他為何自願從軍？我知道他沒告訴過妳——因為他得以一種無法駕馭的語言解釋抽象的想法，以及他對小號不滅的愛。據他稱，他想成為來自維吉尼亞鄉間荒野與玉米田的「白人邁爾士．戴維斯」[31]。小號的肥厚音符如何迴響在他童年的兩層農舍裡。它的房門又是如何被盛怒的父親撞破，嚇壞全家。保羅與父親之間的唯一共通處是金屬：老傢伙在奧馬哈海灘發瘋那天射進腦袋的子彈，以及保羅舉到唇邊吹出樂音的小號。

---

31 邁爾士．戴維斯（Miles Davis, 1926-1991），黑人爵士小號手。

我記得那桌子，想把它還給妳。我記得妳抱我入懷，撥開我的頭髮，說：「喏。喏。沒事。沒事。」但那是謊言。

故事繼續：我把桌子還給妳，媽——亦即把彩色乳牛交給妳，那是我趁札帕底亞先生不注意時，從垃圾桶撈回來的。乳牛在妳手裡，模樣皺折，色彩流動。我想跟妳說，卻缺乏能讓妳理解的語言。妳明白嗎？我是美國正中心的敞開傷口，而妳鑽進來問：我們在哪裡？寶貝，我們在哪裡？

我記得凝視妳許久許久，因為我才六歲，以為凝視得夠久，就能把我的思想傳輸到妳的腦海。我記得憤怒哭泣。妳不明所以。把手伸進我的襯衫裡抓抓我的背。我記得就這樣平靜睡去——我的皺折乳牛攤在床頭櫃，像慢動作的彩色炸彈。

保羅玩音樂是為了逃避——然後他老爸撕毀他的音樂學院申請書。保羅逃避得更徹底，直接進入徵兵辦公室，接著到了東南亞，才十九歲。

人們說世事皆有緣由——但是我無法告訴妳何以死者比生者多。

我無法告訴妳何以某些帝王斑蝶南遷途中終止飛行，翅膀突然變得太重，好像不屬於牠們所有，就這樣直直墜下，把自己從故事中抹去。

我不能告訴妳在西貢街頭，屍體躺在床單下，我聽到的不是變裝皇后唱的歌，而是我腦海裡的那首歌。許多人，許多，許多，許多，許多人盼著我死。街頭悸動，碎裂色彩圍繞我繽紛。

騷鬧中，我注意到那屍體動了。腦袋垂到一邊，床單跟著移動，露出頸背，已經蒼白。就在耳朵下面，一片指甲大小的綠玉耳環晃動，然後靜止。「上帝，我不再哭泣，不再仰望天空。垂憐我。兄弟，我眼裡都是血，啥也看不清。」

我記得妳抓住我的肩膀。不知道是傾盆大雨還是大雪，街道都是水，天空紫青。妳跪在人行道幫我的粉藍色鞋子繫帶，一邊說：「記住。記住。你可是越南人。」你可是！你早就是！

早就離去。

我記得那人行道，我們推著生鏽推車去新不列顛街的教堂施食處。我記得那人行道。它開始流血：小小紅色血滴出現在推車輪下。我記得前面一條血痕。背後也是。顯然前晚有人在此被槍殺或刺死。我記得我們繼續走。妳說：「別低頭，寶貝。別低頭。」教堂好遠。尖塔好像天空縫線。「別低頭。別低頭。」

我記得紅。紅。紅。紅。紅。妳的手握著我，掌心流汗。紅。紅。紅。紅。妳的手好熱。妳的手在我手中。我記得妳說：「小狗，抬頭看，抬頭看。瞧見沒？樹上有鳥。」我記得那是二月，樹木光禿黑暗襯映陰霾天空。妳繼續說：「瞧！鳥。好多顏色。藍鳥。紅鳥。洋紅鳥。閃亮鳥。」妳指著扭曲的樹枝說：「你瞧見小黃雛鳥的巢沒？綠色媽媽鳥正在餵牠們吃蟲。」

我記得妳眼睛睜大。我記得瞪視妳的指尖許久，模糊的琥珀色熟成果實。我看見了。那些鳥。全部。當妳的嘴不斷張闔，語言不斷給樹木染色，樹上鳥兒繁生如果實。我記得我忘記血痕。我記得我沒低頭看。

是的。曾有過一場戰爭。是的，我們來自戰爭震央。在那場戰爭裡，一個女人贈給自己一個新名——蘭，命名的過程裡，宣告自己的美麗，決定那份美麗值得保存，因此，一個女兒誕生，從那女兒，又誕生了一個兒子。

長久以來，我說我們生於戰爭。我錯了，媽。我們孕育於美。

千萬別讓他人誤以為我們是暴力的果實——儘管暴力透過果實相傳，卻不能摧毀它。

保羅站在我後面的門旁，正剪下大把的薄荷葉當松子青醬配菜。剪刀喀擦葉莖。一隻松鼠匆匆爬下梧桐樹，停在底部，嗅聞空氣，又爬回樹上，消失枝葉間。妳就在我前面，我走近，我的影子貼碰妳的腳跟。

妳沒轉身，說：「小狗，過來，你看。」後院，太陽早已消逝，妳指著腳邊的地面，以驚呼口氣低聲說：「你瞧這是不是很瘋狂啊？」

我記得那房間。我記得兩個女兒在她身旁，她唱著有關火的歌，我記得那火，煙霧上升，瀰漫牆角。房中央的桌子火舌閃耀。女人們閉上眼睛，不斷喃喃。牆壁是移動的銀幕，依序閃現歌詞：先是陽光照耀城市十字路口。城市無名，現已不存。一個白人站在坦克旁，手中抱著黑髮女兒。一個家庭睡在砲彈坑裡。另一個家庭躲在桌下。妳明白嗎？妳們只跟我說了那張桌子。桌子取代房間。桌子取代歷史。

妳告訴我：「那是在西貢的房子。一天你爸喝醉酒回家，第一次揍我，就在廚房桌旁。那時你還沒出生。」

總之，我記得那張桌子。它存在也不存在。那桌子是我的繼承物，由眾嘴組成，別無其他。還有名詞。還有灰燼。我記得那張桌子，它像鑲嵌於腦袋的碎片。有人稱它榴霰彈。有人稱它藝術。

我走到妳身旁，妳指著地面，就在妳的腳趾後方，大群螞蟻散布一小塊泥地，這群黑色活物如此密集，好像沒有人身的人影。難以區分一隻隻螞蟻，牠們一直湧動碰觸，肢體交錯，像暮色中的藍黑色六腳字母——歲月腐蝕的字母碎片。不。牠們不是帝王斑蝶。牠們是冬日來臨，繼續停留的一群，血肉化為種子，鑽得更深，來春，再自溫暖沃土貪婪鑽出。

我記得火舌閃耀，牆壁捲曲如畫布。天花板叢叢黑煙。我記得爬到已化為灰燼的桌旁，伸手去摸。祖國汙漬我的指尖。祖國化於我的舌間。我記得捧起灰燼，在屋內三個女人的額頭書寫：活活活。灰燼終於硬化成白紙上的黑墨。我記得每一頁都有灰燼。足夠妳，我，所有人。

妳站起身拍拍褲子。夜，抽乾花園的色彩。我們走向屋內，腳下無影。入屋後，燈罩光影下，我們捲袖洗手。我們談話，迴避注視彼此過久。之後，妳我已無話可說，開始擺設餐具。

我先是在夢裡聽聞。後來，睜眼又聽到——穿越光禿田地的低鳴。一隻動物。一定是。只有動物的痛苦才如此清晰明白。我躺在農倉的冰涼泥地。上方，椽上菸草因一陣風彼此身體摩擦。代表時序已進入八月第三週。板條縫外，旭日已臨，暑熱逼人。那聲音又回來，這次我坐起身。看見他，我才發現回到十五歲。崔佛在我身旁熟睡。手臂枕著腦袋，熟睡模樣更像是深思。呼吸緩慢平和，散發數小時前喝的藍帶啤酒味，空瓶現在排在他腦袋上方的條凳。數呎外是掀翻的鋼盔，粉藍晨光蓄積盔內。

我只穿四角褲，踏入農倉外的大片朦朧。哀叫聲再度傳來，這次深沉空洞，好像四面有牆，可以躲在其中。牠鐵定受傷了。唯有受苦之物發出的聲音才能讓你一頭栽入。我搜尋剷平的農地；晨霧飄浮棕色骯髒大地。什麼也沒有。應該來自隔壁農場。我繼續走，溼度上升，太陽穴汗水騷癢。

到了下一塊田，肥碩深綠的最後菸草包圍了我，再過一週即可收割，這些菸葉比尋常高，葉尖超過我的頭。田裡有棵橡樹是兩週後我們撞毀雪佛蘭之處，蟋蟀原本尚未伸腿，隨著我深入菸田，鋸齒腿兒劃過厚空氣。每次那叫聲揚起，變大，變近，我便駐足。

前一晚，在屋梁下，我們躺著喘氣，嘴唇因過度使用而粗礪疲憊。四周黑暗寂靜，我問崔佛一個問題，也是蘭前一個星期問我的。

「你想過『發現頻道』上那些野牛嗎？我的意思是牠們幹嘛一直跳下懸崖？」

他轉身面對我，唇上細毛擦過我手臂：「野牛？」

「是的，牠們為什麼繼續跑，即使前面的牛已經掉下去？難道不該至少有一隻停住，轉身嗎？」

崔佛的手飽經日曬，放在肚皮上，出奇黝黑。「是啊，我在自然節目裡看過。牠們就那樣直直掉下去，好像一堆磚塊，直落。」他咂舌以示噁心，但是聲音放低：「白癡。」

我們靜聲，讓野牛繼續往下掉，成千上萬在我們的腦海沉默奔騰墜崖。農場隔壁的田裡，一輛皮卡駛進車道，輪胎輾過砂礫，車燈射進農倉，照亮我們鼻子上方的塵埃以及他的眼睛。那已經是我熟識的眼睛，不再是灰色，只是崔佛。門砰地一聲甩上，有人回家了，低聲話語可聞，一句揚高的雀躍問句：「怎麼樣？餓了嗎？」簡單且必要的問句，帶著額外的關注，那聲音像是遮蔽鐵路沿線電話亭的小平頂，與建築屋頂同瓦，卻只有四排寬窄，只夠保護電話不溼。或許我想要的也只是這樣——有人以問句包覆我，像屋頂，跟我的身體一般大小。

崔佛說：「由不得牠們。」

「怎麼說？」

他撥動腰帶扣說：「那些該死的野牛要往哪兒去，由不得自己。大自然叫牠們跳，牠們便照做。沒選擇。這是自然律。」

我低聲重複：「自然律。類似追隨所愛，全家都往前奔，牠們也就跟隨，這樣？」

他睏倦地說：「對啊，差不多這樣。一家人。倒楣的一家人。」

我對他突然興起一股溫柔。當時這種情緒在我身上罕見，我覺得整個人被取代。直到崔佛把我拉回現實。

他半瞌睡地說：「嗨，遇到我之前，你在哪裡？」

「我想我在溺水。」

停頓。

他聲音低低往下墜：「那現在呢？」

我想了一下說：「水裡。」

他搥我的手臂：「幹！睡覺啦，小狗。」然後，他變得安靜。

然後，他的睫毛，我幾乎聽見它們在思考。

我不知道為何追隨那動物的哀聲，不由自主，好像牠會帶來答案，儘管我不知要問什麼。人們說如果你非常渴望一樣東西，到頭來，就會為它造神。媽，如果從頭到尾我只想要自己的一條命呢？

我又想到美，想到某些東西被獵，只因人們覺得它美。如果說相較地球的歷史，人生只是一瞬，那麼即便我們從出生便燦爛，一直到死，那燦爛也極為短暫。就像現在，太陽從榆樹後方露臉，我無法分辨太陽是升或落。世界同樣被染紅，我難辨東西。今晨，世界有種撒手離去的受損顏色。我想起那次與崔佛坐在工具棚屋頂看夕陽西下。我一點也不訝異它的威力，在壓縮的幾分鐘內，它改變我們眼中的世界，就連我們看自己，也不一樣了。我訝異的是自己居然目睹了它的威力。因為落日就像存活，存在於消逝前。想要燦爛，首先你要被看見，被看見，就是容許自己成為獵物。

我又聽見牠的叫聲，很確定是頭母牛。牧農常在半夜賣掉小牛，趁母牛還在牛欄睡覺時，偷偷把小牛放在卡車後座運走，母牛才不會發現小牛不見而哀嚎。有些母牛哀嚎到喉嚨腫脹，整個閉合，必須在裡面放氣球擴張頸肌。

我靠近一點。菸草高梗筆直。母牛再度哀嚎，草葉為之顫抖，草莖分開。我走到牠所在的小空地。陽光在植物尖傾潑藍色泡沫。我聽到牛兒的巨肺吸氣，柔和卻清晰，像風。我撥開密集的植物，走向前。

「媽，再跟我說一次那個故事。」

「寶貝，我太累。明天再說。你繼續睡。」

「我沒在睡。」

已過晚上十點，妳剛從美甲坊返家。毛巾裹住頭髮，皮膚因沐浴而溫熱。

「說嘛。短短的就好。猴子那個。」

妳嘆氣，鑽到毯子下，說：「好，先給我一根菸。」

我從床頭櫃的菸盒抽出一根，放進妳的嘴裡點燃。妳噴了一口、二口。我拿出菸，看著妳。

「好吧。我想想。很久很久以前有一隻猴王，牠——」

「不是啦，媽，我要聽真的。跟我講那個真的猴子故事。」

我把香菸放進妳的嘴，讓你噴。

妳的眼睛巡視房間，說：「好吧。很久以前，靠近點，你到底要不要聽？很久以前，在一個古老國家，男人會吃猴腦。」

「妳是猴年出身，所以妳也是猴子。」

妳看向遠方，低聲說：「是的，大概吧。我是猴子。」

香菸在我的手指裊裊。

我踏過作物往前，暖泥地霧氣升起。天空變得寬敞，菸草四伏，露出一小塊圓形空地，上帝拇指紋般大小。

什麼也沒有。沒有牛。沒有聲音。只有最後一批遠去的蟋蟀聲，晨光下，菸草直挺。我站在那兒，等待那個聲音讓一切成真。

什麼也沒。

小母牛、農場、男孩、車禍、戰爭——全是我夢中想像，只為了讓我醒來發現它們深烙肌膚？

媽，我不知道妳是否已經讀到這麼後面——或者妳根本沒讀。妳總是說學識字太遲了，肝不好，骨頭爛，以及妳經歷過的種種，現在妳只想休息。識字是妳為我打造的特權，彌補妳所失去的。我知道妳相信輪迴。我不知道自己相信否，但是我希望有。這樣，或許妳下輩子會回到這兒。或許妳會是個女孩，或許妳的名字也叫玫瑰，妳會有一房間的書，妳的父母會唸床邊故事給妳聽，你們生活在一個未被戰火肆虐的國家。或許在那個時空、那個生命、那個未來，妳會找到這本書，妳會得知妳我之間發生什麼。然後妳會記起我。或許。

毫無緣由，我開始奔跑，奔過空地，回到直直的菸草梗陰影。我跑，雙腳在身下模糊成小團風。雖然那時我認識的人都還活著，崔佛沒死，蘭沒死，我那些朋友還沒接觸迷幻藥與海洛因，他們的血管還不是模樣恐怖，農場還沒賣掉改建成豪華公寓，農倉尚未拆掉，裡面的木頭還沒被刻意變成手工家具，或者布魯克林時髦咖啡館的牆飾——我就已經跑啊跑。

我跑，盼著我能搶先一步，我想改變一切的心，勝過我畏懼活。我的胸口潮溼，葉片刮傷，白日的邊角已經開始冒煙，我用力快跑，感覺衝破自己的身體，將之拋諸後方。當我轉身尋找那個喘氣男孩，終於想原諒他努力求好卻總是失敗，眼前卻無人——只有田邊茂盛的榆樹無風靜止。毫無緣由，我繼續走，想到北達克達州或者蒙大拿州某處的野牛，肩頭肉波震動，慢動作奔向懸崖，棕色身體擠簇於狹小空間。眼珠油黑，灰塵鋪蓋茸狀牛角，集體埋頭猛衝——直到牠們變成麋鹿，身軀巨大、鹿角分叉、溼鼻咻咻，然後變成狗，爪抓邊緣，天光下猛伸舌頭，最後牠們變成獼猴，一大群，腦門掀開挖空，飛升，四肢毛髮細柔如羽毛。牠們跨出崖邊，懸空，崖下是永恆空茫，就在此時，火星飛濺，牠們變成黃褐色與紅色斑點的帝王斑蝶。成千上萬擁過懸崖，搧翅進入白空，好似血柱噴入水面。我狂奔田野，彷彿我的故事並無懸崖，好像我輕飄無物，比構成我名字的文字還輕。儘管我的人如字，在這世間毫無分量，卻依然負載我的生命。我將它揮擲向前，直到我拋諸於後的東西變成我飛奔驅前之物——直到我成為家庭的一分子。

我將萬寶路香菸塞回妳的嘴：「那他們為什麼沒逮到妳？」

妳抓住我的手，停了一會，呼吸，然後就著指尖抽菸說：「噢，小狗。」妳嘆氣：「小狗啊小狗。」

猴子、麋鹿、牛、狗、蝴蝶、野牛。我們多想讓這些飽受摧殘的動物像人一般開口說故事，焉知，你我的故事就是動物的故事。

「他們為什麼沒逮到我？嗯，寶貝，因為我**飛快**啊。有些猴子就是快，非常快，快到像幽靈，知道嗎？牠們直接——**噗一聲**。」妳伸開手掌做出爆炸模樣：「消失了。」妳的腦袋動也不動，看著我——那是母親的眼神，注視許久，太久。

然後，沒來由的，妳笑了。

唱歌（sing）的過去式不是唱了（singed）。

——胡阮安[32]

32 胡阮安（Hoa Nguyen, 1967-），混血越裔美國女詩人，此句收於她的詩〈*Diêp Before Completion*〉。

謝辭

感謝Tom Callahan的精湛的新聞寫作，他在《*EPSN the Magazine*》與《*Golf Digest*》的深度報導提供許多訊息，拓展、豐富了我對老虎伍茲的認識，以及他對高球界、美國文化的影響。感謝Elaine Scarry以及她的書《*On Beauty and Being Just*》所提供的知識、活力與複雜洞見。

感謝我的老師總能明確指引真理道路：Roni Natov與Gerry DeLuca（布魯克林學院）、Jen Bervin（Poets House）、Sharon Olds（紐約市立大學），以及我高中的詩學老師Timothy Sanderson（哈特福郡）。

感謝班．能納（Ben Lerner），少了你，我對寫作與身為作者的許多思考不會存在。感謝你總是提醒我：規則只是趨勢而非真理，類型界線實乃想像力的狹隘。感謝你的慷慨善意，也謝謝布魯克林學院英語系在我二〇〇九年冬天失去住屋時，提供我緊急獎助金。

謝謝Yusef Komunyakaa，感謝你教會我打破界線，讓我更清晰認識這個世界的殘酷以及黑暗連結。謝謝你在二〇〇八年秋天某個下雨天，我在西村某個戲院坐到你身旁時，忍耐我的迷哥（fanboy）作風以及吧啦吧啦不知所云（算我運氣好）。我不記得電影演什麼，卻永遠不會忘記的你的笑聲。萬分感謝你是我的老師。

撰寫此書時，我至為仰賴以下藝術家的作品，反覆閱讀聆賞：詹姆斯．鮑德溫、羅蘭．巴特、查爾斯．布萊德雷（Charles Bradley）、裴氏（Thi Bui）、安．卡森、車學敬、亞歷山大．切（Alexander Chee）、深海情人（Gus Dapperton）、邁爾斯．戴維斯、娜塔莉．狄亞茲（Natalie Diaz）、瓊．蒂蒂安、瑪格麗特．莒哈斯、香水天才、一行禪師、惠妮．休斯頓、金惠順（Kim Hyesoon）、伊特．珍、湯婷婷、庫魯爾之王、町田龍太、MGMT、邱妙津、Mitski、阮越清、法蘭克．海洋（Frank Ocean）、珍妮．奧菲爾（Jenny Offill）、法蘭克．奧哈拉、橘郡雷克斯、理查．賽肯、妮娜．西蒙、蘇揚．史蒂文（Sufjan Stevens）和C．D．賴特（C. D. Wright）。

感謝所有亞裔美國創作前輩。

感謝Peter Bienkowski、Laura Cresté、班．能納（再度）、Sally Wen Mao、Tanya Olson閱讀此書初稿，並提供明燈般的建議與洞見。

感謝下面幾位的友誼，以及與我共享藝術與空氣：Mahogany Browne、Sivan Butler-Rotholz、Eduardo C. Corral、Shira Erlichman、Peter Gizzi、Tiffanie Hoang、Mari

L'Esperance、Loma (aka Christopher Soto)、Lawrence Minh-Bùi Davis、Angel Nafis、Jihyun Yun。

感謝Doug Argue，你的驚人坦率與勇氣幫助我更勇敢面對世間真實，催生此書，你居功厥偉。

感謝我超棒的經紀人Frances Coady（Coady船長！）無畏無懼，眼光敏銳，毫不耗竭的信心與耐心，並永遠把我的創作者身分堅持擺在第一位。感激你在這一切發生前便找到我，相信我。

深深感激我的編輯Ann Godoff對這本小書的無瑕精準的熱情、徹底全盤的理解，以及深入骨髓的關懷。永遠站在作者的背後。感謝企鵝出版的傑出團隊：Matt Boyd、Casey Denis、Brian Etling、Juliana Kiyan、Shina Patel，以及Sona Vogel。

感謝Civitella Ranieri基金會的Dana Prescott與Diego Mencaroni，本書初稿為手寫，正巧碰到大斷電，我就是在該基金會寫作的。感謝Lesllie Williamson and Saltonstall藝術基金會，本書寫作在那裡完成。Lannan基金會、Whiting基金會以及麻州大學Amherst分校慷慨支持，一併致謝。

感謝彼得，永遠，獻給彼得。

媽，謝謝妳。

推薦文

熔岩原孤丘

閱讀《此生，你我皆短暫燦爛》

孫梓評

1

讀完小說，我在網路搜尋作者受訪影片。其中一段，主持人問：你透過優美的文字，誠實地在書中袒露令人不忍卒讀的經歷——難道，你沒有任何憤怒？

左耳戴著單邊長鍊墜飾的王鷗行（Ocean Vuong，1988-），個頭嬌小精緻，臉龐憂鬱秀氣，確實像極了書中一百六十三公分高，五十公斤重的「小狗」。他語速緩慢地回答：「我當然憤怒。只不過，我們無能改變已發生的，但可以選擇要怎樣活下去。」聲線聽起來有點顫抖，或許情緒略有波動，口吻仍然溫柔堅定：「寫作的偉大力量之一即是，當你能夠講述、呈現自己的故事，從而改變我們所擁有的未來，你便警覺地掌握了人生。」

怎樣的經歷令人不忍卒讀？越南裔美國籍作者自傳體小說《此生，你我皆短暫燦爛》，第一部綰合了外婆與母親的越戰經驗和自己飽嘗家暴與霸凌的童年（兩個主題也有某種意義上的疊合？）。敘述的蒙太奇中，暴力的炸彈從天而降：外婆「蘭」逃婚，重新為自己命名，成為性工作者，酒吧遇美國大兵互訂終身；「小狗」與母親「玫瑰」和外婆抵達美國展開新移民生活，失語，孤絕，往事的陰影又長又重，身心受創的母親一次次製造愛的傷痕給同為「怪物」的兒子。就像王鷗行詩集非常美的書名，*Night Sky with Exit Wounds*，那傷是被光貫穿而過的出口，「愛和傷害／同一個泉脈」。

我想那位主持人真正要問的是：你為何不控訴？對美國而言，這難道不是一部很想別過頭去的斷代史？當「越戰的產物」飄洋過海顯靈，王鷗行大可以將小說中外婆的精神分裂，母親的戰後創傷，「小狗」因性別氣質所承受的各種欺侮，或許還包括外公保羅的癌，都歸咎給誰——歸咎於美國。但他充滿自覺地，讓自己從「受害者」的位置，悄悄移動至「倖存者」。

他曾經險些於命運中滅頂，所幸，在書寫中生還。

2

生還之後，身體浮現。

當戰爭和暴力催逼，身體承受異化，肯認自己的重要前提是找回身體。來到第二部，身體成為主題。怎樣的身體？是母親長期勞動獲贈長繭的手與疲憊的背，是母親為來到美甲店的殘疾客人服務她的「幻肢」，是畫質模糊的學步期看見母親被父親毆打流血，是男孩臉龐被陶壺砸出需要水煮蛋呵護的瘀傷，是童年無法拘管自己意志的尿床……最重要的發現，當然是找到另一具對你持續發出訊號的身體。於是「小狗」十四歲非法童工的夏天展開了，在菸草農場，沒有過往的失語困境，形色工人們的溝通是「微笑，手勢，甚至沉默與遲疑」，身體與身體合作，「這工作神奇縫合我的內在傷口」。另一條有效的手術線，莫過於混合「菸草、大麻、古柯鹼、機油、焚木」氣味的美國白人男孩，崔佛。

身體訊號：有人稱那為愛情，有人稱之為欲望。

能安心置放身體的空間是欲望的資本：菸田，農倉，崔佛的房間，王鷗行迤邐出兩個男孩的三個夏天——如果拍成電影，《*Stadt Land Fluss*》（2011）詩意光影差可比擬，但書中捏塑崔佛被毒品蝕蛀、搖搖欲墜的憤怒聊賴青春，兩人如何因失敗的父親而凝聚共鳴，航向彼此，交換體溫，那心神恍惚的一吻，就算與詹姆斯．鮑德溫《喬凡尼的房間》主角初與男孩做愛的片段相比，亦毫不遜色。

惠特曼的句子，「我是人，我受過苦，我曾經在場」。有身體才能在場。因為身體的緣故，感官調頻來到極大值：崔佛享受的呻吟混音地板下蟋蟀摩擦的鳴叫，夏日蒸騰，文字自腦中消失了，顏色登場：舔舐耳朵的溼熱是綠色穿過綠色。

第二部結尾，一整段無名章節是崔佛肖像，脖子上有逗點傷痕，偏愛向日葵，堅持不吃小牛犢的崔佛。《以你的名字呼喚我》裡男孩意淫男孩，汁液淋漓；王鷗行則攤露身體的動物性，原始的野蠻與聆聽，慈悲的理解與陪伴。

戀愛讓人把自己重新生出來。對男同性戀而言，被另一個男孩欲望的時候，格格不入的身體才真正成為靈魂載體。與崔佛交往，「小狗」浴後對鏡，依依撫摸自己，這具「缺陷」仍然的身體，終於「被找到了」。

於是，「小狗」企圖讓母親理解這樣的身體——我裡面的我。而母親「玫瑰」顯然深諳「只有祕密可以交換祕密」，聽完出櫃宣言，馬上告知兒子自己十七歲時墮胎往事。四個月大胎兒像木瓜籽那樣從子宮裡刮除。哀傷也遲到了十七年，越南戰後的貧窮使人失去餘地，「玫瑰」的哀傷此刻才找到身體，情緒以嘔吐的方式示現。母親也交出了——我裡面的我。

「小狗」的黃顏色皮膚置於美國社會中相對弱勢。但在這場青澀甜蜜的（偽）戀愛裡，他的酷兒身體卻一直是「導師」，諄諄帶領崔佛。他懂示弱：假裝沒聽過誰的歌，用「抱歉」代替「哈囉」，「我很快就發現臣服也是一種力量。」

在第一部開場，作者引用北島的詩，「自由不過是／獵人與獵物之間的距離」，可以輕易被對位於戰爭。在第二部，這兩句詩蛻為愛情兩造的角色分配。這裡的獵物，是「主動尋找獵人，奉獻自己為食物」、是隨時可以喊停，「擁有罕見力量的野獸」。如此瀕危的快樂，當不是棉花糖蓬鬆甜膩隨風沾向天空，必須一方施虐，一方亟力承受，還記得嗎，被光貫穿而過的出口，「往愛必須先通往毀滅」。

那麼，「小狗」想像自己身體似一顆子彈，便不是無緣無故。他是還沒有「晉級」為持槍男孩的美國「次等貨」；他是輾轉誕自一九六七年金蘭灣某個美國大兵發射在外婆體內的一顆遙遠的子彈。

「小狗」與崔佛初識、第一次親吻，崔佛戴著那頂虛實難辨的二戰鋼盔，「像蘭的故事裡走出來的人物」，自然也不是無緣無故。作者饒富意識地在愛情裡譜奏暴力的賦格曲——越戰終了，但戰爭真的結束了嗎？

3

來到第三部，死亡是永恆的獵人。

「想要燦爛，首先你要被看見，被看見，就是容許自己成為獵物。」獵物崔佛殞落，青春逗點成為句點，間接帶出美國藥廠謀利害命實相，讓人想起蘇曉康《鬼推磨》寫，美國之所以二十世紀維持霸權不墜，乃因其是二戰全球軍火庫。「小狗」和崔佛曾在能俯瞰哈特福的陡坡上對城市大喊，「幹他媽的可口可樂。」然而，到處都是「可口可樂」，後全球化時代的資本主義，誰能脫身？從西貢遙遠來此的「小狗」及其家族無法；最後一根稻草降落崔佛的鼻尖，亦非孤例。

外婆「蘭」的死，則像某種警示：面對死亡，倖存的身體又一次回到戰場。

王鷗行極具巧思將外婆癌末臨終的床榻場景——「梅」與「玫瑰」餵母親吃麥片；為臥床無法自理的母親徒手挖屎——與「小狗」第一次與崔佛做愛場面並列。情欲發動的過程即興，臨場感十足，像邁爾士・戴維斯吹奏他的小號。使人意想不到，在欲望高處，體內穢物乍現，「我們交媾的汙穢本質遂無所遁形。」這個絕妙現場，一方面傳真顯露兩個男孩可愛的經驗匱乏，一方面則遙遙呼應未來，「排泄與屎尿雖是生之證明，卻也永遠出現在死亡。」

然而，活著，被死亡追捕到案前，難道僅有生存本能和死亡本能？

王鷗行將人上升至夜空星座（哪怕傷痕累累），讓美與善，一如對寫作的冀想，成為可能的追求。

於是回憶也有這樣的成分：垂死的外婆想起少女時把花別在髮上，傻氣清新；「小狗」憶起童年曾為外婆偷採圍籬裡紫羅蘭色花朵，「冒險是為了追求美。」或像那場尷尬性愛的後來，崔佛如何跪進河中，低頭呵護欲望重燃，使「小狗」不被突然湧出的不潔覆滅。或當外婆燃為骨灰，遙遠回到故鄉下葬，早已陰錯陽差步入另段婚姻的外公保羅，竟要求視訊連線，使用結結巴巴的越語悼別。

河合隼雄說，「溫柔的根源就是意識到死亡。」

此生，你我皆短暫，有人夭逝為星，作者執著寫出「已逝之物的光芒」。

所以，「小狗」和崔佛交換的第一個祕密是：「我不再畏懼死亡。」

4

讀此書像赤腳踩進潮水，速度不得不趨緩。潮水是海的說話：一碰就碎，隨即復原，成為整體。「與其說我講的是故事，不如說我在描述船難——碎片漂浮，終於得到屬於它的地位。」

與王鷗行背景相仿的小說前輩阮越清（Viet Thanh Nguyen，1971-），曾以短篇《流亡者》刻劃越南難民在美處境，又以長篇《同情者》藉間諜角色重新審視越戰與身分認同，此二書倚重敘事技術。或許王鷗行創作核心仍是詩歌，另闢蹊徑的《此生，你我皆短暫燦爛》又薄又重，又冷又燙，不斷透過閃回（flashback）使敘事破碎卻又重沓，對字音字義，甚至字形的敏感，不只表現於靈巧的雙關，還有許多如戳穿國王沒穿衣服的孩子般，天真但深刻的質問。敘事過程，興之所至，寧可岔路論述。雖觸及大歷史，毋寧，他更在乎大歷史中的私人，那是險些被砲火擊沉的暗夜女子，也是被美國主流置放邊緣的黃種人男同志；那是移民者終身以勞動換取生存的掉漆美國夢，也是美國新一代被毒品和破碎家庭搗毀的魯蛇照。如此獨到用心，以詩藝打磨出風格獨具的小說美學——一種要求同感、拒絕詮釋的抒情聲音。能登上《紐約時報》暢銷榜，使我感到驚訝；但若你讀了小說，或聽過作者朗讀自己，又肯定馬上被說服。

我懷疑王鷗行是否曾動念將書名取為《熔岩原孤丘》？kipuka，那是農場男孩崔佛教給小狗的一個單字：火山岩漿流經卻未能覆蓋之處，「小型災難的倖存物」。無論蘭，玫瑰，小狗，三代足跡如帝王斑蝶振翅飛過滄海，莫不是以倖存狀態孤立於時間之中，忍耐著滾燙四溢的命運，又以特出的意志超越了岩漿。

或許這孤丘，還要加上崔佛，可以的話，再加上你，加上我。
此書即孤丘們的畫像。

（本文作者為作家，現為《自由時報》副刊主編，著有詩集《你不在那兒》、《善遞饅頭》；散文集《知影》；小說《男身》等）

推薦文

我住王鷗行隔壁

紀大偉

二〇一九年，邱妙津《蒙馬特遺書》的英文版翻譯者韓瑞（Ari Heinrich）從美國飛來臺北，在政治大學分享翻譯邱妙津的經驗。那時候我首次得知，越南裔美國詩人「王海洋」（Ocean Vuong）即將出版一本自傳性小說，全書出現的第一句話就來自《蒙馬特遺書》：「但是讓我再以我的生命為基礎，用我的文字建這一小方地，看看，能不能再給你一個中心，好嗎？」

海洋詩人不讀中文，所以他採用的英文句子應該來自韓瑞的譯本。我比對邱妙津原作，引文出自《蒙馬特遺書》第一書的最後一行。

海洋詩人在臺灣的正式譯名為「王鷗行」：鷗行，是Ocean的譯音。「海洋」這個名字和「鷗行」這個譯名都很貼切：在疫情期間，我聽遍了詩人受訪的podcasts，得知海洋這個名字是指海洋連結了越南和美國兩地。詩人二歲的時候，隨同母親「玫瑰」和外婆「蘭」從越南航向美國，成為美國難民。「鷗行」從字義上來看是指海鷗飛行，也讓人聯想難民橫跨大海求生的畫面。

《此生，你我皆短暫燦爛》這個譯名固然準確，但我來回咀嚼為何書名的「gorgeous」對應中文的「燦爛」。我看了中譯本，英文原版，聽了英文有聲書（由鷗行本人朗誦），以及鷗行的多種podcasts訪談。我聆聽多種聲音文本，並不是因為勤奮，而是因為鷗行的聲線讓我愛不忍釋：雖然他已經是成年男子，但是嗓音陰柔，頗有青少年陰陽同體的氣質。他激動或緊張的時候，聽起來泫然欲泣。我並不僅僅沉迷於他聲音的跨性別，更喜歡那聲音帶來蝴蝶振翅高飛的聯想。

我認為英文書名啟用了美國流行語：「you are gorgeous！」美國流行影劇的角色在稱讚女人（和男同志）的美貌時，就會說這句話，意思是「你真好看！」「你美爆了！」（要說對方是個很「燦爛」的天后，也可以）。「好看」（美爆、燦爛）是理解此書的關鍵，因為全書將「好看」、「看見」（被人看見色相）、「獵物」（被當作獵物捕獲）這三個意象概念連接在一起，直指蘭、玫瑰、「小狗」（王鷗行在家的綽號）三代的命運：在這個父親缺席的母系家庭裡，外婆蘭曾經在越戰期間從事性工作維生，生下父不詳的混血兒（一半美軍一半越南）女兒玫瑰。跟不同美軍大兵上床的蘭形同通敵：因為嬌美，蘭同時被美軍和鄉親看見，也同時成為雙方的獵物。至於鷗行自己有多好看呢？請查看他的Instagram帳號：他戴BDSM狗頭面具的赤裸照片，扮演獵物的模樣，引起書迷騷動。

英美書評人和訪談者都盛讚鷗行，愛說鷗行的文字、故事、聲音，都很美麗，beautiful。但是我認為，鷗行一旦啟用「gorgeous」這個字，就不只是在談看似跟性無關的「beautiful」，而是暗示性誘惑與性風險的魅惑。鷗行明明談了那麼多性，羅列性與暴力的糾纏，但是西方書評人遇到性，卻轉頭去談美。

鷗行指認的第一個施暴者，竟然就是自己的母親。她終身在美甲沙龍當美甲師，因為過勞而全身痠痛，而且長期吸入導致癌症的美甲化學藥劑。她跟其他越南人以為可以把美甲沙龍當跳板，從底層社會跳入中產階級，結果還是逃不出低階服務業的輪迴。那時候，媽媽一旦鬱卒，就對小鷗行施加體罰。小鷗行沒有逃離家暴的媽媽，沒有離家出走，反而留在家裡勸止媽媽不要沉溺暴力。少年知道，媽媽一如外婆，都是創傷症候群（PTSD）的受害者，都需要藉著惡毒言行排遣惡夢。少年也知道，母子必須共生才能夠存活，任何一方離家出走就會兩敗俱傷。

鷗行面對暴力、接納母親的智慧，讓我覺得他逼近臺灣。我常覺得，臺灣父母和中小學老師體罰孩童最盛的時代，就是在解嚴之前。各種直接間接承受政治傷害的成人，無處宣洩憤怒，就怒打小孩。在臺灣漸漸民主化之後，在民眾獲得控訴不公義的合法管道之後，成人毒打兒童的風氣也為之大減。

我一廂情願，以為自己跟鷗行有緣，僅僅因為我們都是邱妙津的讀者。但讀了《此生，你我皆短暫燦爛》之後，才赫然發現，我簡直一度住在王鷗行隔壁。全書開始沒多久，鷗行寫道「陌生人看到我們，無法想像我們在法蘭克林道上的小雜貨店買東西」。熱血衝入我腦袋，什麼法蘭克林道？難道是我自己遛狗多次的那條路？我曾經在美國康乃狄克州首府哈特福的小義大利區住過一陣子，租屋旁邊的大馬路就是法蘭克林道。細看上下文，我才確定鷗行和我記得同一條路。小狗說，「還有法蘭克林道的莫齊卡托糕餅店，我在那兒第一次吃到奶油甜煎餅卷。」「Mozzicato Depasquale Bakery and Pastry Shop」也匯集了我在法蘭克林道的極少數美好記憶，那裡的「Cannoli」的確甜蜜。

我在洛杉磯攻讀博士數年後，人間蒸發幾年，之後才從美國東岸飛回臺灣教書。有些師友很納悶，我明明在美國西岸讀博士，為什麼卻是從東岸飛回臺灣？原來，在洛杉磯和臺灣之間，我曾經到美國東岸的康乃狄克州（康州）教書，當了幾年流浪教師，快速衰老。因此，美國各大學和臺灣各大學的流浪教師血淚，身為過來人的我也略知一二。我曾經開著韓國牌舊車，從洛杉磯啟程橫跨美國，經過李安《斷背山》的場景（即懷俄明州），抵達大西洋岸，然後從紐約再往北開，抵達哈特福。我花了十天橫跨美國，固然因為同行（卻不會開車）的伴個性浪漫，不管到了什麼窮山惡水的州都要停歇玩耍，也因為我車上載了三條臺灣土狗（從永和夜市撿來的），需要經常下車蹓躂。

鷗行跟我住在哈特福的時間，沒有重疊。但某個層次上我真的住他隔壁：鷗行從哈特福搬走後，他的外婆和母親仍住在法蘭克林道附近，搞不好曾經跟我擦肩而過。我在哈特福最常去的菜市場，除了一般超市（白人超市），就是越南人的「亞東超市」。在我的活動範圍內，最常見的族群就是波多黎各人（鷗行也提及許多說西班牙語的鄰居）。我住的那一棟公寓，除了我自己那戶，其他各戶幾乎都是波多黎各單親媽媽家庭。我就是在她們的喧嘩之中，寫完博士論文，幻想自己可以跳出美甲沙龍一般的學界畜生道。鷗行在哈特福公寓為癌末外婆送終。不是不敬，但我也在哈特福動物醫院目送癌末老狗接受安樂死。

法蘭克林道最常見的亞裔人口就是越南人。我幾乎沒有在交友軟體遇過臺灣人或中國人。他們可能都匯集在大學周遭，例如康州南端的耶魯大學（我沒拿過耶魯大學的薪水，但是我常去那邊呼吸 fashion 的氣味）、康州中部的衛斯蓮大學（Weslyan University，我在美東的第一個雇主）、康州東部的康州大學（University of Connecticut, Storrs，我在美東的第二個雇主）。巧的是，這些大學校園之外就是販毒者樂園。耶魯大學校外常有毒販槍戰，死傷無數。康州大學旁邊的小鎮就是白人吸食一級毒品的集散地。鷗行的第一任男友是個戒不了毒癮的白人。我沒有跟吸毒者打交道，但我在康州大學遇過爛醉如泥、輻散酒味的白人學生光天化日來考期中考。

整個新英格蘭（New England）就是一座過譽的美甲沙龍。白人最早在美洲大陸建立的殖民地，就是美國東北角的新英格蘭。其中的康州是全美最多富翁的州之一，也是最早支持同志婚姻的州之一。但是這些事實對於康州居民來說都很廢。那些在早年美國文學裡發光的地名，因為產業轉移，如今多成慘不忍睹的廢墟。富翁並沒有帶動整個康州的活力，反而拉開康州的貧富差距。我在交友軟體認識的越南人都跟我抱怨康州根本沒有同志生活。想想看，鷗行的嗑藥男友根本不敢出櫃。

鷗行在podcast訪談上說，他在紐約布魯克林念大學的時候，同學都跟他說你們康州人很fashion，讓他百思不解（podcast上的現場聽眾大笑）。理由很簡單：紐約人傾向認為康州人就像耶魯大學師生那樣fashion，怎知道王鷗行其實來自哈特福的窮人區。鷗行說，《此生，你我皆短暫燦爛》就是要描寫哈特福、康州以至於整個新英格蘭被遺忘的慘敗角落（而不是康州的豪宅），以及這些地帶飽受身心傷害的勞動階級（而不是豪宅主人們）。鷗行要讓這些被遺忘的獵物讓人看見，讓人知道她們都曾經燦爛。

（本文作者為國立政治大學臺灣文學研究所副教授，著有《膜》、《同志文學史》）

國際好評

王鷗行是勇敢的作者，直探傷痛，創造一本滿浸渴欲與痛苦的書。他把屬於個人的、內腑的、情緒的東西轉化成一本令人難忘的政治化小說，而且確實——燦爛。它想影響讀者，一如書中主角小狗的情人、誕育他的人對他的深刻影響。

——阮越清，普立茲獎《同情者》作者

偶爾就會出現一個作者讓你屏息。我在讀《此生，你我皆短暫燦爛》，身體裡幾乎沒有空氣流動。碰到這麼佳妙的作品，誰還需要空氣？

——賈桂琳．伍德生，美國國家圖書獎得主

一封並無打算寄出、傷痕累累、難以喘氣的情書。強有力地驗證了神奇與失落並存。非凡！

——馬龍．詹姆斯，曼布克獎《七殺簡史》作者這是我讀過最棒的小說之一。我一直期待我最愛的詩人能寫小說，願望成真。王鷗行是大師。這書是巨著。《此生，你我皆短暫燦爛》是對傷逝、困頓掙扎、身為越南裔美國人、康乃狄克州哈特福的一首謳歌，給文盲母親的一封頌謳體書信。許多頁被我折角，整本書都快崩了，真的。

——湯米．奧蘭區（Tommy Orange），《*There There*》作者

用啟發、震懾、迫切、必要形容《此生，你我皆短暫燦爛》恰如其分，但是縈繞我腦海不去的是「赤裸露骨」：其中的情感就是這麼有力，讀完後你會覺得它直刮骨髓。王鷗行以詩人的精準審視：經驗訴諸文字能否成為溝通數代傷口的橋梁，又是否能被我們摯愛之人真正聽聞。

——伍綺詩，《無聲告白》作者

這本書就如書名所示：燦爛。它深度觀察愛，以多種形式表達其不可置信的痛心美麗。王鷗行的處女小說包含他所有的詩作力量，閱畢，我深信這只是他神奇才氣的冰山一角。

——艾瑪．史卓伯，《布魯克林倒帶青春》作者

《此生，你我皆短暫燦爛》是我讀過最美麗的小說，文學驚奇。這書雖是寫給不識字的母親，卻拓展了我們以往對文學能帶領我們看見什麼、思索什麼的認知，它跨越國界、世代與類型的限制。它勇敢探索殖民史與個人史的複雜糾纏，使之具象化。也燦爛辯證：愛自有神奇轉化能力，欣賞讚佩必能勝過尖酸犬儒。

——班・能納，《*Leaving the Atocha Station*》作者

小說甚少能得到「燦爛輝煌」、「非凡出眾」的評價，遑論處女作。謝謝你，王鷗行，寫出了燦爛輝煌、非凡出眾的處女作。

——麥可・康寧漢，《時時刻刻》作者

《此生，你我皆短暫燦爛》是我最讀過最美麗的小說之一，一則文學驚奇，也是傑出的探討人性之作。它關乎我們是誰，如何能在自身的皮囊、彼此、世間找到自我：貨真價實的巨作。

——麥克斯・波特，《悲傷長了翅膀》作者

小心，小說界闖進了一頭砲火猛烈的漂亮新公羊。王鷗行改寫了小說的定義。真是有幸

拜讀。

——黛西．強森（Daisy Johnson），《*Everything Under*》作者

王鷗行是極具天賦的觀察者——某些句子精確到將讀者帶入幻象，一如他最好的某些詩……王鷗行的小說有它的高低潮，成功與失敗參半。棒極之處在它完全不受束縛。

——《紐約時報》

本書中的某些句子實在美不可言，極具創意。王鷗行對勞動的描寫極其優秀……本書強在特定細節的描繪非常精確，讀者形同親眼目睹、親聞其氣、親嚐其味……當王鷗行越是強行推進他的文字，他的表現就越好……進入某個瞬間即逝的真實時刻，捕捉情感織成的網絡，形於文字，為幻影賦予生命……當我們越是沉浸於主角的經驗，其中的政治性激情便越鮮活。

——《衛報》

王鷗行寫出移民對情感關係的渴望是如此痛徹心扉。但是他的名字「海洋」（Ocean）也恰恰勾勒出他的寫作風格——液狀，流動，翻滾，挑逗，有力，震懾。他的母親給了他

最恰如其分的名字，召喚出一個寫作語言讓所有讀者都樂於沉溺其中的作者……跟許多移民作家前輩一樣，王鷗行攻克英文，不僅納為己有，還讓它變得更美。

——Maureen Corrigan，《*Fresh Air*》

王鷗行揉合了激進的形式、大膽的個人反思、歷史回憶與性慾探索，成為不折不扣的惠特曼傳人。王鷗行自最邊緣化的處境崛起，創造出自我探索的抒情篇章，驚人私密卻又堅決普同……此書不是「短暫燦爛」，而是「永恆驚艷」。

——Ron Charles，《華盛頓郵報》

為了存活，小狗必須承受並拒絕另一種暴力：那就是用美國眼光來審視母親，掃描她的弱點與無能，最多只能做到直接忽視她，就像邪靈會掠過取名「小狗」的孩子。小狗隱忍一切，拒絕代代相傳是一種巨大溫柔。閱讀此書好像目睹「忍之藝術」，或者慢動作奇特魔術，借用作者的隱喻——將骨頭變成奏鳴曲。

——Jia Tolentino，《紐約客》

王鷗行的處女作小說誠如書名所示：美麗崩毀卻又發人深省，這則痛苦的成長故事描述創傷過後的存活……當作者描寫美、存活、自由時，文字簡直破空飛翔，在他的書寫裡，自由有時不是自由，只是「只是牢籠放到非常大，遠離你的身體，柵欄也依舊在，卻因遙遠而顯得抽象。」……書名說明一切：燦爛。

——Heller McAlpin，美國公共廣播電臺

驚人的日記文學……探索美國如何看待種族、男性氣概、毒癮與貧窮——這些議題今日更顯重要。

——《華爾街日報雜誌》

我敢說本書以詩的殘酷與柔美、肉體接觸的親密性、追索慾望時的心靈沉重跌宕承載了我們這個「大群」。它具有多重意義，核心卻是雙語文化家庭的酷兒成長故事，處處蒙上母子關係、美越關係的陰影。我可以愛上這個故事的敘事者一千次。

——Lidia Yuknavitch，《*Vogue*》

感官與激情的一場暴動，狂亂囈語又清明如星。王鷗行推倒小說形式的疆界，重新打造它的定義，量身訂製以符合他的詩意探索，以語言捕捉感知與存有。回憶在他的文本裡

有如神經觸元抽搐，在漆黑中四面射發。閱讀此書，不管時間多麼短暫，你的生命已經充盈上述感受。當文字已經乾涸，王鷗行的詩意仍然長存奔流的血液裡。

——Barbara VanDenburgh，《今日美國報》

王鷗行以大師手法創造出無法抹滅的印象派風格意象……本書傑出之處在引起我們注意：思想如何塑造感受？感受又如何凝塑思想？感受又能引導我們臻至何種真理？王爾德曾說多愁善感也者，就是想免費獲致情緒（感），但是我們的主角小狗卻是一再付出代價。本書獲知的真理之所以珍貴，正因它滿浸情感。

——Justin Torres，《紐約時報》書評

這本小說既外探又內省，片片斷斷又如夢如幻。是以畫面、軼事與探索打造的成長故事……王鷗行以詩情點燃文采，也汲取切身經驗，激活這則故事的敘述——那是來自五內的美麗，也像未經切割的絲絲真理。

——Steph Cha，《洛杉磯時報》

王鷗行是了不起的說故事者。筆下的貧窮、酷兒性（queerness）、移民經驗都如此鮮

活、精確，充滿人性……這不是一本普通小說，根本就是活物。

——David Canfield，《娛樂週刊》

這本結構繽紛的小說巧妙呈現我們做為家庭一分子、社群成員，乃至普通公民，在理解彼此上的挫敗……這是一本特殊又親密的小說，也是我們對越戰的長期陰影算總帳……王鷗行是精湛又大膽的作者，這是強有力的處女作。

——Kevin Carfield，《舊金山紀事報》

驚人抒情……在《此生，你我皆短暫燦爛》裡，我們見證了某種強大且必要的需求，驅使我們探索何謂人，何謂真正活著，如何在「生命」這個亂局裡尋找真理。

——《費城詢問報》

露骨無畏的處女作……就跟王鷗行的詩一樣光芒四射與堅毅篤定，它探索敘事縫合世代傷口的能力，扣問你我在巨大失落之後，該如何拯救與改變彼此。

——《君子雜誌》

書信體文學巨作……無懼無畏、醍醐灌頂、秀異無比。

——《圖書館期刊》（星級）

王鷗行在小說領域的第一個戰果堪謂詩意深沉。一個無法分類的文體，既是回憶錄、成長小說，也是長如一本書的詩。比標籤更為重要的是它傳遞一個開放熱切的信念——人的存活有賴敘事（故事訴說）與語言。最有才氣的詩人踏入小說界的戰果——露骨卻光芒四射。

——《柯克斯評論》（星級）

語言以溝通建立親密感，本書的傑出語言卻推翻此種認知，它傳達的是分割與距離。我們該仔細觀察（主角）小狗的家庭生活，以及越戰即便已經結束數十年，依然衝擊許多家庭，小狗顯然熟知其中種種……龐大的哀愁，但是細膩敏感的文字將創傷轉化成勝利。

——《*The Brooklyn Rail*》

……和他的詩一樣抒情又震懾……此書難以分類，雖說是小說，它的形式與布局卻像極長篇的多線交織散文。但是遠比類型重要的是它是一個越南裔酷兒男孩的成長故事，而這類故事幾乎佔不了美國文學的篇幅……王鷗行的小說加入此波亞裔美國人的創作潮，驗證亞裔美國藝術家有能力代表自己，也確實如此，在原本毫無一席之地的領域劈出一塊園地……這位作者在他的書信裡注入傷痛、快樂、自我發現，為這些回憶與經驗命名，也因此賦予了它們生命。

——《哈佛評論》

王鷗行的《此生，你我皆短暫燦爛》證實他是創新性語言的大師，雖根植於口語卻臻至抒情文學最輝煌的高度。

——《星期獨立報》年度選書

這本處女作處處美麗……王鷗行的創意奔竄血管，散發幽默調皮的魅力……這本令人印象深刻的首作揭露了更棒的還在後頭。

——《泰晤士報》

（王）的寫作實屬現象級……簡言之，卓越。一本震懾美麗的書。

——英國國家廣播電臺 Radio 4，《週六評論》

一本驚人的處女作，老實說是令人難忘……毫不意外，詩人的小說經常包含至為美麗的句子，但是王鷗行的文字特具啟發性……《此生，你我皆短暫燦爛》有許多切面：它是兒子致母親的愛的故事，種族與男性氣概的探索，也是對世界的連串清澈透思……此書種種都令我高興自己生活在一個長篇小說依然很重要的時代，人們還有能力將文字、句子擺在一起，成為如此鮮活生動、才華洋溢的語言。

——James Robertson，《蘇格蘭先驅報》

王鷗行寫作既精準又超凡美麗……這是一本極度感人的書，每隔四十頁，我便淚眼盈眶……本書最震撼之處在它將個人經驗提昇至政治層面。主角小狗的故事就是現代美國故事。

——Tristram Fane Saunders，《每日電訊報》

這是一本驚人感性的小說，勾勒出一對母子在新世界立足求存的圖像。其中有恐懼有憤怒，但是男孩對母親、對周遭世界的愛躍然紙上。

——《*Monocle*》

藍小說 309

此生，你我皆短暫燦爛

作　者—王鷗行
譯　者—何穎怡
編　輯—張瑋庭
美術設計—霧室
內頁排版—極翔企業有限公司

總編輯—嘉世強
董事長—趙政岷
出版者—時報文化出版企業股份有限公司
108019臺北市和平西路三段二四〇號三樓
發行專線—（〇二）二三〇六—六八四二
讀者服務專線—〇八〇〇—二三一—七〇五・（〇二）二三〇四—七一〇三
讀者服務傳真—（〇二）二三〇四—六八五八
郵撥—一九三四四七二四時報文化出版公司
信箱—一〇八九九臺北華江橋郵局第九九信箱
時報悅讀網—http://www.readingtimes.com.tw
電子郵件信箱—liter@readingtimes.com.tw
法律顧問—理律法律事務所　陳長文律師、李念祖律師
印　刷—紘億印刷有限公司
初版一刷—二〇二一年三月五日
初版九刷—二〇二三年十月二十四日
定　價—新臺幣三六〇元
（缺頁或破損的書，請寄回更換）

時報文化出版公司成立於一九七五年，
並於一九九九年股票上櫃公開發行，於二〇〇八年脫離中時集團非屬旺中，
以「尊重智慧與創意的文化事業」為信念。

此生，你我皆短暫燦爛 / 王鷗行著；何穎怡譯 . – 初版 . – 臺北市：
時報文化, 2021.03
面；　公分 . –（藍小說；309）
譯自：On Earth We're Briefly Gorgeous
ISBN 978-957-13-8650-8

874.57　　110001739

On Earth We're Briefly Gorgeous: A Novel by Ocean Vuong

This edition arranged with Aragi Agency
through BIG APPLE Agency, Inc., Labuan, Malaysia

ISBN 978-957-13-8650-8
Printed in Taiwan